U0893408

汤姆·斯威夫特和戴娜四号机舱

【英】维克多·阿普尔顿Ⅱ 文
燕锐锋 等图
刘庆双 等译

江西·南昌
江西科学技术出版社

图书在版编目（CIP）数据

汤姆·斯威夫特和戴娜四号机舱 / (英) 维克多·阿普尔顿Ⅱ文；燕锐锋等图 ；刘庆双等译. -- 南昌 ：江西科学技术出版社, 2018.3（2024.1重印）
（汤姆·斯威夫特丛书）
ISBN 978-7-5390-5872-6

Ⅰ.①汤… Ⅱ.①维… ②燕… ③刘… Ⅲ.①儿童故事－英国－现代 Ⅳ.①I561.85

中国版本图书馆CIP数据核字(2017)第046747号

国际互联网(Internet)地址：http://www.jxkjcbs.com
选题序号：KX2016072
责任编辑：饶春垚
特约编辑：龙轲轲

汤姆·斯威夫特和戴娜四号机舱
TANGMU SIWEIFUTE HE DAINA SIHAO JICANG
〔英〕维克多·阿普尔顿Ⅱ 文；燕锐锋 等图；刘庆双 等译

出版发行	江西科学技术出版社
社址	南昌市蓼洲街2号附1号 邮编：330009 电话：（0791）86623491 86639342（传真）
印刷	三河市嵩川印刷有限公司
经销	各地新华书店
开本	700mm × 1000mm 1/16
字数	114千字
印张	11
版次	2018年3月第1版 2024年1月第2次印刷
书号	ISBN 978-7-5390-5872-6
定价	39.00元

赣版权登字-03-2017-47

前言 QIANYAN

人总是离不开阅读，特别是在现代化信息时代，阅读无疑更是我们难求的一片宁静港湾，让我们有机会去感受、去体悟、去反思、去认证我们的这个世界和未来的世界。

科幻小说是一种起源于近代西方的文学体裁，在尊重科学结论的基础上进行合理设想后形成的文学作品，具备“逻辑自洽”“科学元素”“人文思考”三个要素。科幻小说与一般的传统小说不同，其特殊性在于它与科学技术的发展有着直接的联系，能让读者间接了解到科学原理。但它又是一种文艺创作，它扎根于社会现实，反映社会现实中的矛盾和问题，在科学技术发展的方向上，提供若干有参考价值的预见。有时，某些科学发明尚未出现，科幻小说里则已经进行生动的描绘，如潜水艇、机器人和宇宙航行等。

著名文学评论家布哈伊·哈桑曾说，科幻小说可能在哲学上是天真的，在道德上是简单的，在美学上是有些主观的，或粗糙的，但就它最好的方面而言，它似乎触及了人类集体梦想的神经中枢，解放出我们人类这具机器中深藏的某些幻想。

阅读科幻小说至少让我们有如下的感受:

一、文学的轻松愉悦

科幻小说的主题非常明显，它会涉及“未来”和“未知”、“科学”和“规律”、“生命”和“文明”、“生存”和“冒险”等等，每一本科幻小说都是一个全新的世界，每一次阅读都是一段全新、充满惊喜的精神旅程。

二、科学与严谨的想象

爱因斯坦说过，想象力比知识更重要，因为知识是有限的，而想象力概括着世界上的一切，推动着进步，并且是知识进化的源泉。通过阅读科幻小说，感悟其中的想象力，在人文、哲理的思索上，在思想道德意识的增强上所起到的作用是潜移默化的、是发散性的，其威力是不可估量的。

三、引发科学与理性的思考

科幻小说中的“科学方法”是一种有系统地寻求知识的程序，涉及“问题的认知与表述”“观察与实验搜集证据”“假说的构成与测试”。简单地说就是一个科学理论要经过观察、解释、预测、确认、评估、发表的程序，才能从一个假设发展成原理。科幻小说的“理性思考”就是遵从客观规律、进行逻辑分析的思考方式。

《汤姆·斯威夫特》系列曾是国外流行的科普小说，书中很多的科幻内容今天都已经变成了现实，它曾影响了几代读者，它伴随了很多人的成长。现以中文出版此书，相信书中的情节与科学，也会给中国读者带来同样的快乐体验。

目录 MULU

第一章 危险的鱼叉

“机长！”巴德激动地从汤姆·斯威夫特的潜水舱海洋猎犬声呐室里喊道，“你收到A国海军部潜水艇发来的消息——情况紧急！”

十八岁的汤姆和他的伙伴巴德·巴克利乘坐海洋猎犬来到太平洋海底深处。同行的还有斯威夫特企业集团的忠实厨师乔，以及汉克·斯特林和亚弗·汉森。他们正乘着海空两用飞船寻找合适的地方作为汤姆新的水下项目研究基地。

汤姆匆匆接过音频接收器，认真地听潜水艇指挥官带来的惊人消息。

“我是哈珀。汤姆，一个装有新型绝密爆炸物的坚硬药瓶刚刚从一支A国研究科学家团队那里被盗。”

“什么！”汤姆惊呼道。

哈珀继续道：“政府方面希望你去帮忙找到它。”

这位军官解释说爆炸物样品随时面临着被敌特盗走的

危险。

“爆炸物具有超级毁灭性。”他说道，“为此，这个装有机密爆炸物的黑色小药瓶配有隐藏信号装置，所以它可以通过无线信号接收装置或声呐追踪到。”

“真是个好主意。”汤姆自言自语道，“这样我追踪起来就方便多了。”

“这个药瓶，按计划由一架海军飞机运往W城。因为当时它正被一辆吉普车从山上的研究站带下来，所以我们猜可能是被盗贼偷走了。”这个潜水艇指挥官继续道，“但他们并不是普通的盗贼。当时在吉普车里的科学家向情报部门描述盗贼首领时，指出他是伊格纳斯·桑德尔——一名可怕的敌特。”

“那个家伙……”汤姆说道。他知道在过去的几年里，C国——这个人的国家——多么频繁地与A国作对。

“我们完全有理由相信这些盗走药瓶的盗贼是通过海路逃走的。信号装置发送的信号在超声波频率范围内——人类的耳朵听不见。这个装置隐藏在药瓶的假底里面，可以拆卸，有一个石英基座，用于发射信号。整个瓶底被涂成了黑色，这样盗贼们就不会注意到它正在发射信号。你可以帮我们找回药瓶吗？”

“当然，将军。”汤姆回答道，“我们会竭尽所能。”

“好的，汤姆。我会通知政府那边。结束通话前，我要给你药瓶底部信号装置发送的信号模式。它们的振动模式与众不同，可以轻易地将它们与海底生物‘讲话’区分开来。”

汤姆迅速地记录下声波脉冲的交错序列。接着他问到如何才能引爆爆炸物。

“这是政府机密，汤姆。”指挥官回答道，“C国人将要花很长一段时间才能找到引爆办法。当然，他们最终会找出办法，我们要在此之前找回药瓶。”

由于海洋猎犬是以最快的速度前进，巴德问道：“海军部怎么会知道我们在这儿，汤姆？”

他的朋友笑道：“政府那边对我们很感兴趣——当然，这也是为什么我们到这里的原因。我猜他们一直在密切关注我们的动向。”

戴娜四号机舱是汤姆·斯威夫特的最近一项发明。它是一个水下超级实验室，专为深海探索设计——由一个中央控制和动力单元组成，附带四个附属实验室——生物、地质、化学和冶金。

“这是件好事，汤姆，你寻找戴娜四号基地之旅结束了。”巴德说道。

汤姆已经在这个10.97千米深的浩瀚险恶的马里亚纳海沟——世界上为人所知的最深的海底之一——选定了一处作为

基地。

“我们即将在这个海沟开始的探索工作，必须暂停”他说，“我们首先要寻回那个机密药瓶。”

他将海洋猎犬设定为自动螺旋式搜索航线。

不久，巴德大声喊道：“汤姆，我们的雷达接收到药瓶发出的信号了！”

“你说得对。好像是从海面上发来的。我们驾猎犬上升吧。”

两个男孩迅速将猎犬升到海面上后，仔细巡视周围的海域。

“找到信号源了，巴德！”汤姆兴奋地指向不远处的一艘旧式捕鲸船，“机密药瓶在他们那儿！”

汤姆小心翼翼地将海洋猎犬靠近那艘船。

“喂，捕鲸的！”他喊道。

令两个男孩惊讶的是，船桥上那些带有外国口音的人居然跟他们打招呼，邀请他们上船。

“他们听起来确实很友善。”巴德评价道，“但我们不要轻举妄动。”

“是的，伙计。”汤姆同意道，“海军部被盗的药瓶就在那艘船上的某个人身上。他绝对会想尽办法不让我们找到药瓶。”

“我们有一个优势，巴德。他可能还没有找到信号装置，所以他不会知道我们在怀疑他。不管怎样，我会用我的铅笔无线电装置追踪信号，以防万一，我还会用我的斥力装置腕表。”

现在海洋猎犬离捕鲸船很近。汤姆小心地将它靠在这艘巨大的旧船边上。

从目前的情况来看，他们似乎不太可能受到友好欢迎。汤姆注意到其中一个凶神恶煞的船员在一动不动地看前甲板上的鱼叉枪。这个船员可能正警惕着鲸鱼——但汤姆想，如果鱼叉枪向巴德或他射来的话，将会成为致命的武器！

两个男孩留下亚弗·汉森操控海洋猎犬，并提醒他如果这艘捕鲸船要逃走的话就跟着它。之后，他们在汉克·斯特林和乔的陪伴下登上了船。

他们三个是汤姆和巴德的好朋友，也是斯威夫特企业集团的老员工。亚弗·汉森长着深色的头发，身形高大，负责模型制作部门；汉克·斯特林长着浅色头发，身材偏瘦，负责模型设计。乔·温克勒原来是一个牧场的厨师，只有他深受他的大量特色西餐的影响——他的腰很粗，和他随遇而安的开朗笑容完全配套。

他们刚踏上甲板就听见船上的一个船员大喊：“它呼吸了！”一条巨头鲸刚刚在船头出没。

船上人员立刻行动了起来。船长将船停在更靠近鲸鱼的位置，仔细地瞄准鲸鱼，鱼叉枪旁的船员们将一支巨大的鱼叉射到鲸鱼的背上。鲸鱼潜入海水中逃离这些伤害它的敌人时在海面上翻起了巨浪。鱼叉上的绳子迅速绷直——然后断了！鲸鱼逃走了，带走了鱼叉！

“真倒霉。”巴德评价道，“那个老家伙被击中时一定快疯了。正常情况下，巨头鲸跑不了那么快。”

汤姆在他的朋友耳边悄悄地说：“药瓶的信号刚刚中断了！”

在大家都兴奋地捕鲸的时候，汤姆一直仔细地听着他的铅笔信号接收装置的信号。现在信号没了！

两个男孩的注意力转移到船长身上，他正愤怒地从船桥上走下来，嘴里不停地大喊大骂着。

“这家伙真是没风度。”巴德说，“听听他失去一头鲸鱼后的反应。”

“我在想，”汤姆沉思道，“是否可能……”

“想什么，机长？”巴德迅速问道。

“看那边，”汤姆指着一个面容消瘦的黑头发男人说道，“那是伊格纳斯·桑德尔，C国的特工！我是根据海军部的描述和我看过他的一张照片认出他的。”

汤姆走向这个特工，打算直奔主题。

“你好，桑德尔。”他说，“我认识你，我知道机密药瓶在你的身上。它在哪儿？”

这个特工只惊讶了一瞬间，迅速拿出一支小手枪指着这两个来访者。

“当心！”汤姆提醒他的同伴，“那是一支激光枪！”

桑德尔直接射向汤姆，但这个年轻的发明家敏捷地用他的斥力装置腕表挡住了激光。

捕鲸船员们注意到汤姆和桑德尔这边的动静。这群虎视眈眈的人包围住了年轻的发明家和他的同伴。

“看起来我们遇到麻烦了。”汤姆低声说道，“我们试着从侧方和后方冲出一条出路返回海洋猎犬。”

但船员们越发地向他们逼近。一个穿着条纹汗衫、长着胡子的船员拿着鱼叉向汤姆刺过来。汤姆迅速躲开，做了个攻击的假动作，避开了鱼叉的攻击，紧紧拽住鱼叉，然后出右拳，直击船员的心脏，弄得他喘不过气来，从胸腔中发出嘶嘶的声音，然后他瘫倒在甲板上喘着粗气。

在他旁边，汤姆可以看到巴德和汉克·斯特林也痛快地打了起来。乔抓住其中两个船员的头，将他们狠狠地撞在一起。

就在那时，一道亮光在汤姆的头顶炸开，他感到自己的身体向前倒去，恍恍惚惚中倒在了地上。桑德尔在他身前拿着刀指着他，眼神冰冷地盯着他。

汤姆试图挣扎着使头脑清醒的时候，模模糊糊中看到乔突然出现在桑德尔的身后。乔抓住桑德尔拿刀的那只胳膊，借用栏杆的巨大力量将他击退。

“干得好，乔。”汤姆站起来说道，“你救了我的命！快点，我们趁现在赶紧到边上去。”他向巴德和汉克做了个手势。

四个人迅速地沿着船上栏杆滑到海洋猎犬上面，亚弗·汉森一直将它停靠在边上。汤姆关闭舱门的时候听到捕鲸船船长喊人拿深水炸弹。

“亚弗，沉下去——快点！”汤姆喊道，“我们要被深水炸弹袭击了！”

猎犬迅速沉到海洋深处的安全地带——但它还是不够快。当第一颗枚深水炸弹在它的周围爆炸时，汤姆和他的朋友听到一声巨大的轰鸣声。然后他就被撞到舱内的隔板上。一切都变得黑暗了！

第二章 损坏的反应器

过了好久汤姆才恢复意识。他从舱门上坐了起来，环顾周围，他的头还隐隐作痛。

“其他人怎么样？”汤姆想道。

“巴德！”他喊道，挣扎着站了起来。

这个年轻的发明家循着舱门另一边的呻吟声来到他的朋友身边。

“我想我还好，汤姆。”巴德呻吟道，“就撞了一下。机舱损坏有多严重？”

“我现在还不确定。”汤姆回答道。

舱内变得一片混乱。所有松动或可移动的东西都被震得乱七八糟。只能透过蓄电池应急灯发出的微弱灯光看到情况——这意味着总电源断了。

“我们现在一定停在海底。”汤姆说道，“海洋猎犬本身并没有明显损坏，但你也看见主电源断了。快点儿，我们去看看有没有人受伤。”

他们迅速地检查了船员，事实证明他们很幸运。除了擦伤和扭伤外，并没有什么大伤。

这个海洋直升机的情况可能大不一样。没有电它根本无法移动。

“我们最好找到故障原因。”汤姆催促道。

巴德说：“我想知道那条鲸鱼怎么样了。”

“可能被震到周围了，但可能还好。我更担心我们自己。”

他们开始研究设计图，检查了复杂的线路和海洋猎犬原子动力系统。一个小时后，汤姆大喊道：“问题出在这儿，巴德！这就是为什么我们现在没有动力了。”

他指着离机身外层最近的反应器旁边的管道和阀门系统中一个错综复杂的区域。

“那些反馈调节阀被深水炸弹的冲击力震弯了。我猜由于阻塞压力增加到危险点，造成系统自动关闭。”

“我们怎样才能降低压力，机长？”巴德焦急地问道。

“恐怕情况不太妙。”汤姆沮丧地叹道，“事实上，修好它似乎不太可能。我想说，除非我们能够拆除这整套装置——这我们根本办不到。”

汤姆正说着话，汉克和亚弗进入电力室，也表示修好的可能性不大。

“汤姆，我们一定会找到办法的。”巴德说道。

“我有个主意，”年轻的发明家告诉他，“我想它会起作用的，但是我们必须先检查几样东西。”

他弯腰看船舱的线路图，开始快速计算起来。最终，汤姆直起腰，松了口气。

“这样我们就可以离开这儿了。”他说道，“我一开始并不是很肯定，所以我要先检查线路。”

“我们不用尝试移除阀门的阻力，而是要绕过它们。我们的导航计算机还正常运行。我们只需重新安装反应器控制线，这样导航计算机就能控制它的开关。我们要抓住这个机会，因为不会有任何其他自动安全截流阀。但我们应该能这样上岸。”

“我就知道在这儿我们得靠小天才。”巴德愉快地说道，“好了，我们开始工作吧。”

电源修复后，另一个问题出现了：通信计算机被损坏了。

“但至少我们可以移动了。”汉克大声地说。

海洋猎犬缓缓驶向距离最近的港口时，汤姆谈起了这次遇到鲸鱼的经历。

“你知道吗，巴德，我越想越觉得我们要找的药瓶就藏在射到鲸鱼背上的那支鱼叉头里。”

巴德点头道："你的意思是，这就是为什么那只鲸鱼逃走后信号就中断了？"

"我不认为它中断了。我的铅笔无线电装置那时候坏了，我猜是需要换电池了。巴德，我想船长一定认为鲸鱼是藏药瓶最安全的地方。难怪鱼叉线断了他都快疯了！"

巴德咯咯地笑起来道："他真是自作聪明。"

"我之所以怀疑那些人，"汤姆继续道，"其中一个原因就是他们的船很旧，工具也过时了。现代捕鲸人用爆炸鱼叉头来捕杀鲸鱼，我怀疑这种旧船不再用来捕鲸了。"

巴德点头同意道："那艘船上插着一面中立旗帜，但我敢打赌，那些船员受雇于C国人。"

"是的。"汤姆说道，"他们一定认为假装捕鲸就可以很好地掩护他们带着药瓶逃走。"

海洋猎犬最终抵达码头的时候，午后的太阳快要落山了。汤姆、巴德、亚弗和汉克仔细地检查了残破的机身，留下乔守着，然后匆匆离开去买所需替换的零件。当他们返回时，这片热带地区的夜幕早已降临。

"乔到哪去了？"他们从码头往下走的时候，巴德问道。

汤姆皱起眉头。"恐怕他出事了！"他惊呼道。

两个男孩冲到甲板下面。乔不见了，通讯计算机被破坏得更严重了。

“这会是谁干的？”巴德看着飞船计算机机房的残骸沉吟道。

“我猜那群捕鲸人已经用无线通信装置通知C国政府他们遇到了我们。他们可能派遣了一群特工在太平洋四处搜寻我们，以防我们没有被深水炸弹击中而逃走。”汤姆说道，试图掩饰他的紧张，“但是这种破坏算是轻的了。乔到底怎样了？”

“汤姆！”汉克·斯特林在码头上喊道，“有个男孩说他知道一些情况。”

汤姆跑到了码头上。汉克和亚弗·汉森正在跟一个骨瘦如柴的男孩说话。汤姆走近他们，那个男孩突然说道：“你要找的胖子之前在这。”

“胖子？”汤姆自言自语道，“乔会喜欢这个称呼。”他大声回答道：“是的，你见过他？”

“是的，先生。有人找他，他们去买纪念品了。”他指向后边那条街上的一家古董店。

“亚弗，你和汉克待在这儿守着海洋猎犬。”汤姆说道，“你们最好小心点！我们的敌人可能会再回来，巴德和我去找乔。”

两个男孩沿着码头匆匆离开。

“现在怎么办？”他们到达古董店发现店门已经关了，巴

德问道。

“我们沿着后面的那条小巷找找吧。”汤姆建议道。

现在天已经完全黑了，小巷也完全黑了。两个男孩沿着巷子小心翼翼地走着。突然，一声呻吟使他们停下了脚步。

“好像是从那边传来的！”汤姆指着古董店后门外的一只巨大的篮子大声喊道。

汤姆的怀疑被证实了。篮子里面正是乔庞大的身体，他的手脚被绑住，嘴也被堵住了。两个男孩迅速给他松了绑。

“乔！见到你真高兴！发生了什么事？”汤姆问道。

乔摩擦着他的手腕——尽管相比受伤他更感到丢脸——不好意思地说道：

“哇，朋友们，这个家伙拿着一个看起来很棒的玻璃艺术品到码头上找我。他说几乎免费将它卖给我，所以我把它买下来了。总之，他说他知道在哪里我能买到更多同它一样便宜的东西——指的就是这家店。”

“因为离码头很近，我想我可以快去快回，仍然可以留意海洋猎犬。那个坏蛋把我带到这条小巷，接下来我所知道的就是——嚯！估计是有人重击我的头。我醒来就在篮子里了。”

“重要的是你没事就好。”汤姆打断道，“乔，你所说的那件超棒的玻璃艺术品在哪儿呢？”

他把手伸到下面，拿了出来。汤姆立即认出那是一块玻璃海绵的根部——一个精致的艺术造型，但完全天然，相当普通——经常被人冒充艺术品来卖。

当乔发现自己上当了，他的脸因愤怒而变红，说道：“该死，那个可恶的混蛋！”

巴德咧开嘴笑道：“乔，你要知道把这件了不起的艺术品放在船上的厨房里看起来确实很了不起。”乔沉下脸，把嘲笑他的巴德吓得闭了嘴。

“快点儿！”汤姆催道，“我们还有工作。那些人并不仅是普通骗子。那台电脑要马上修好。”

“你是说我被困在篮子时他们把它毁得更严重了？”乔大吃一惊。

“事实确实是这样。”汤姆告诉他。

这个懊恼不已的厨师磨磨蹭蹭地返回海洋猎犬。这时，这个热带地区的夜幕已完全降临了。很快，他们坐下来开始吃这顿迟到的晚餐——乔精心准备了这顿饭，想要借此弥补他所犯下的错误。

一吃完晚餐，汤姆和巴德以及他们的助手亚弗和汉克开始修理被毁的计算机。

尽管他们四个知道海洋猎犬内部运行要依靠它最后的铆钉和接线板，但很快事实证明要修复飞船的电源和通信并不是件易事。直到黎明破晓他们才最终完成工作。

“兄弟，这可真是项艰苦的工作！”巴德一边收起最后的工具，一边疲惫地说道，“我们能休息会儿吗？”

“我知道大家都累了，”汤姆说道，“但我想还要继续工作。我们可以将猎犬设置为自动驾驶，让它自动追踪药瓶，然后我们就可以轮流睡会儿了。你们说呢？”

“我同意。”巴德打着哈欠道，其他人也都同意。

声呐室传来的一阵刺耳的自动报警声唤醒了汤姆。显示屏上显示有个庞然大物正在追踪他们！汤姆急匆匆地来到水下区域。

“看那东西多长！”巴德走进船舱的时候他大声喊道。

“什么东西？发生了什么事？”他的朋友巴德问道。

“我们正被一艘潜水艇跟踪，这是我在水下看过的最大的一艘潜水艇！我不知道是谁的，但我猜得到！”

那艘巨大的潜水艇在水下区域的显示屏里继续放大！

“汤姆，”巴德惊呼道，“那艘潜水艇里的家伙正径直朝猎犬开过来。快要撞上我们了！”

第三章　泄密的徽章

汤姆迅速来到海洋猎犬控制装置旁，将飞船的航线迅速转向那艘潜水艇的右侧。没过几分钟，这艘较小的潜水艇凭借超级强大的动力和性能甩开了那个大威胁。

“唷，它又近了！”巴德大吃一惊。

“确实，”汤姆同意道，“但我很确定在我们加速前，那艘潜水艇不可能改变航道来追上我们。而且，只要有机会我们就可以甩开它。”

“那艘潜水艇非比寻常。”汤姆继续说道，“我从未在水下见过什么东西在速度和性能上像它一样强大——当然除了我们可靠的猎犬。”

“你知道那是谁的吗？”巴德问道。

汤姆点头道：“情报局之前向我透露过有关一艘新型黑色超级潜水艇的消息。想知道是谁发明的吗？”

“有可能是C国人吗？”巴德问道。

“你猜对了。”汤姆回答道，“总之，我确定它是那艘潜水艇。它完全符合，特别是在我知道C国人早就开始跟踪我们之后。他们管它叫圆锥，是根据芋螺命名的。”

“哈！”巴德说道，“它们是一种食肉动物，长着一个有毒的螯。”

“是的，朋友。相当合适，不是吗？圆锥上携带各种致命武器。”汤姆透露道。

这时，汉克·斯特林通过对讲机说道：“机长，有您的无线电报。”

“我马上过去。”汤姆答道，把控制装置转交给巴德。

过了一会儿，汤姆回来时脸上的表情复杂。“我猜我们能放松一点儿了，是海军部的电报。”他说道，“他们好像已经追踪到鲸鱼的位置，打算捉住它。他们会先给那个庞然大物注射麻醉剂，然后准备随时拿回药瓶。所以他们对我们的帮助表示感谢，让我们不用再找了。不过他们确实表示希望我们能够参与捕捉行动。”

“没关系，我们还有自己的项目。我们让海洋猎犬飞起来，这样可以尽快到达目的地。”

这艘豪华的飞船很快飞上天空，就像在水下一样灵敏。还没到下午，汤姆便熟练地将猎犬着陆到目的地。汤姆将猎犬停放在他的飞行实验室蓝天女王里，打算开着它返回遥远的肖普顿。

尽管肖普顿跟目的地相隔半个地球，汤姆仅花了四个小时便将蓝天女王降落在斯威夫特企业集团的飞机场。

安排好蓝天女王和海洋猎犬之后，汤姆匆匆地来到了他父亲的办公室。正在研究一堆文件的老汤姆·斯威夫特脸上露出了关切。

“汤姆！”他兴奋地喊道，“真高兴见到你，儿子。我正在看你从太平洋发给我的文件。干得不错！你现在怎么回来了？”

“没事了，爸爸。”汤姆回答道，“您看起来忧心忡忡，出了什么事吗？”

“我不知道。最近戴娜四号机舱项目总出故障。应该只是意外，但坦白说，我现在怀疑是恶意破坏！”

“恶意破坏！”汤姆大吃一惊，“您和哈伦·艾姆斯商量过这件事吗？”

“商量过。”他的父亲回道，“他向我保证，我们的安全团队仔细检查了每次意外，但没有证据说明是恶意破坏。但是，这些意外太频繁了，已经拖慢了戴娜四号项目的进度。”

“我想我们唯一能做的就是加倍提高警惕。”汤姆说道，“我明天早上第一件事就去巡视工厂，看看现在的运营

状况。”

吃过早饭，汤姆便去工厂巡视了，同行的还有巴德和乔。

“我们先去看看模型车间。”汤姆提议道，带头走向了一幢大型混凝土建筑，“他们现在应该已经完成了‘戴娜’的模型了。”

“‘戴娜’模型？那是什么？”乔问道。

“你可以去看看。它是个几乎完全按照戴娜四号的比例制作的模型。事实上，除了电源它什么都有。”汤姆一边解释道，一边和他们进入车间，“为了防止戴娜原型发生意外，我要保留一个模型。”

他指着一个有四个类似翅膀的椭圆形机身，这四个部分与实验室连在一起。工作时，每个突出部分可一次性容纳两名科学家。

戴娜四号的中心体由托马塞特制成，可移动的重叠部分可用于节省空间，但它也可以延展成一个长长的香烟状工具，用于在狭小的空间操作。支柱缩回后，这四个实验室——也是香烟状——将于中心体紧密组装在一起。每个舱体完全是由飞行员控制组件装配，可自动运行，也可拆卸下来用于个人研究项目。支柱通道便于在主舱和小型实验室来往。

“‘戴娜’名字取自于希腊语‘力天使’，意思是动力。”汤姆解释道，“这是四个实验室的主要动力控制舱。”

“不止，汤姆，”乔打断道，“还有个理由也说明它是个不错的名字。这个‘戴娜’机舱看起来就像个大恐龙蛋。”

“确实像。”巴德同意道，“一个带有翅膀的‘恐龙蛋’。在此，为你赐名‘蛋’。”他说着，对准假想出的瓶口吹了口气。

“我觉得确实像蛋。”汤姆大笑道，“我们还是去看看真实版的蛋吧。记住，这只是个模型。”

他们三个在一栋巨大的建筑里看到技工们正在制作真实版“戴娜”。一个像枪一样的工具被装配进蛋的尾端。

“他们现在安装的是什么，汤姆？”巴德问道。

“我的最新发明——便捷岩石枪！”汤姆说道。

“啊？”乔惊呆道，“你打算用来注射什么？”

“我跟你解释一下。”汤姆笑道。

“好，请您解释一下。”乔说道。

“正如你们两个所知，”汤姆开始解释道，“海水里不仅含盐，还含有元素周期表里的几乎所有元素。便捷岩石枪注射我已经研发的一种特殊催化剂——”

“稍等一下。”乔打断道，“一种特殊的什么？”

这次巴德向他解释：“催化剂是一种引起化学反应但它本身并不参与化学反应的物质。是吗，汤姆？”

“你说得对，巴德。总之，这种催化剂在高压下注入水中，引起海水中的钙物质和其他矿物质发生反应，生成不可溶解的碳酸化合物，这就是瞬变岩。”

“嘿，太棒了，汤姆。”巴德说道，“仅仅利用海水你就可以在海底给自己建起一座房子！”

“真棒的小玩意儿。”乔惊呼道，“但我得离开一下，得去做午饭了。”

“好的，乔。”汤姆说道，“我们俩去看看水缸，他们正在那里给戴娜实验室进行耐压试验，然后我们就回到我的实验室。”

两个男孩向测试水缸的方向走的时候，汤姆说道：“巴德，我今天下午要在海洋测试蛋，你要跟我一起去做这个地上——哦，不——试水小试验吗？”

巴德说：“你敢把我留在家里！”

到那时候，两个男孩已经来到了水缸处。“测试怎么样？”汤姆向总工程师询问道。

总工程师说：“非常好，汤姆。托马塞特几乎可以承受全部压强。但有一件事，我们需要一个磁力更大的磁性吸力来保持实验室紧紧依附支柱。”

“我现在就去做。”汤姆答应道。

两个男孩返回汤姆的实验室时，年轻的发明家说道：“我们为什么不现在去对那一大块电磁石进行一些测试，看看它会产生多大引力呢？”

“我跟你想到一块儿了。”巴德回答道，“或许我们很快就能解决那个吸附力的问题了。”

两个男孩来到实验室将那块巨大的磁石挂起来，开始通过不同的电流测试磁石产生的引力。就在这时，乔端着一个午饭托盘走了进来，托盘里放着叮当作响的不锈钢餐盘。

突然，餐盘像被施了魔力一样从托盘中跳起来，撞到电磁石上，将食物洒得实验室内到处都是。

乔被惊得往后跳。“会跳的怪物！到底是怎么回事？”他困惑地问道。

“抱歉，乔。是我们的电磁石。但是我们已经毁了午餐。”汤姆道歉道，将通过磁石的电流关小。

“哇，别担心，我再去拿些回来。不过确实吓我一跳。”他们把餐盘从磁石上取下来时乔说道。

汤姆弯腰靠近磁石的一端。“这是什么？”他问道，“之前一定在地上，我们打开磁石的时候把它吸起来的。”他举着一小枚铁徽章给其他两个人看。

巴德看着上面的刻印问道：“那是什么语言？”

“我确定这上面是C国语！”汤姆兴奋地回答道，“过去我学过一点儿。如果没错的话，这上面刻的是‘好运’。”

“那对我们来说就是噩运。”巴德说道。

“对，集团里一定潜伏着一个敌人！我最好告诉哈伦·艾姆斯，让他进行员工核查，加强安全防范措施。”艾姆斯负责斯威夫特集团的安保部门。

巴德和乔清扫实验室地面上的午餐垃圾时，汤姆去打电话。接着，乔说要去“再弄些食物过来”。

吃完午饭，两个男孩将戴娜四号装运到蓝天女王，这次和他们一起的还有汤姆的妹妹（也是巴德特别的朋友）桑迪·斯威夫特和她的朋友菲利斯·牛顿。菲利斯的爸爸是斯威夫特先生一生的挚友奈德·牛顿，现在也是斯威夫特工程公司的负责人。因为“戴娜蛋”将被运到费林岛进行检测，这两个年轻的女孩要跟着他们一起到那边去潜水。

“太好了。”他们约定时汤姆说道，“巴德和我也会带着我们的潜水装备，我们工作结束了就去找你们。”

费林岛在大西洋沿岸地区，归斯威夫特家族所有，用于火箭飞船试验。

四个年轻人来到岛上的时候，桑迪和菲利斯暂时待在陆地上，两个男孩先去准备“蛋”的首次试验。汤姆将舱体沉到海水里，决定沿着小岛的岩石海岸巡航一周，检测控制装置和船的操纵性能。

“真是太棒了，船舵太好操纵了。”汤姆评价道，“我们再来试试吧，我会从那边将它开到那个洞里去。”他指的是岩墙上一条仅仅比蛋大一点点的缝隙。

“太窄了，机长。”巴德提醒道，“你确定我们要把它开进那里去？”

“当然，为什么不呢？我们必须看看这些控制装置是不是真的跟预期一样好，我们以后可能还得靠它保命。”汤姆回答道。他打开自动驾驶仪开关，切断电源，说：“蛋应该可以通过那条岩缝。”

巴德假装害怕地蒙住眼睛，说：“那我看看我们到底能不能做到，好吧？”他斜眼看了看汤姆，又转向他们面前的窄小深渊。

“加油，戴娜。漂漂亮亮地通过那里。”汤姆不顾他的同伴的劝告说道。机舱消失在黑暗中。

突然岩墙里隐约出现了一个突出物。汤姆还没能做出任何反应，蛋就撞上去了。冲力将两个男孩甩到了地板上。便捷岩石枪立即轰的一声发射，一瞬间在他们身后的岩洞入口处筑起了一座厚厚的岩山。

汤姆疯狂地按切断开关。

“巴德，关闭不了！我们被封在岩洞里了！”他大声喊道。

第四章 发光气泡

汤姆急忙开启蛋的总电源，打开导电条箱，很快找到了他要找的东西。

“我想只能这么办了，”年轻的发明家找到绝缘钳，举着对巴德说道。他小心翼翼地夹断一小截铜线后，便捷岩石枪立即停止了工作。

巴德吹起了口哨，说道：“别再这么干了，汤姆。洞口只剩下一条小缝隙了。对了，你刚夹断的是什么？”

“给我们搞破坏的C国人——不管他是谁——弄断了岩石枪的控制部分，所以轻微的震动就会导致断电。”

两个男孩穿上潜水装备，离开了，从岩洞口挤了出去。浮出水面，汤姆和巴德发现他们离女孩们休息的沙滩只有几百米远，所有他们一直沿着岩石海岸潜水游过去。

“汤姆！巴德！”两个男孩从海水里走上岸的时候，桑迪大声喊道，“蛋在哪儿？”

两个男孩瘫倒在沙滩上喘气，然后向她们描述了他们在岩洞里死里逃生的经历。

“蛋仍然被封在那里面。”汤姆告诉他们，“其实，我必须马上飞回公司想办法把它救出来。巴德，你和我妹妹她们留在这里怎么样？我会很快返回带你们回去的。”

汤姆刚回到斯威夫特公司，便接到一个电话。

“你好！汤姆吗？”一个熟悉的声音问道，“我是哈伦·艾姆斯。告诉你个好消息，我们抓住搞破坏的人了。他是名技术工人，还真是一名C国的特工。他在我们雇佣他时提供的证明是偷来的。”

“干得好！你怎么抓住他的？”汤姆问道。

“是你发现的那枚‘好运’徽章让我们怀疑到他。”艾姆斯回答道，“他潜入你的实验室时不小心弄丢的。他今天早上好像在蛋上工作时偷听到你今天下午要测试它，试图让便捷岩石枪控制装置短路来破坏测试。”

“他差点成功了。”汤姆打断道，告诉艾姆斯他和巴德从岩洞里死里逃生的经历，“我飞回来是要拿工具去把蛋弄出来。干得好，哈伦！我希望他是这里唯一的间谍。”

艾姆斯说：“我也这么想，汤姆。他承认最近所有拖延我们进度的‘意外事故’都是他干的。总之，我们现在格外谨慎，祝你尽快把蛋弄出来。”

"好的，哈伦。"汤姆说完便挂了电话。

电话几乎马上又响起了。这次是海军部。

"鲸鱼又逃走了！"军官汇报道，"我们注入它体内的麻醉剂剂量不足以使这么大的动物沉睡。"

他说政府听说汤姆和他的父亲善于发明后，希望他们能够为鲸鱼研制出一种无副作用的超级镇静剂。然后带着它返回太平洋，协助追踪那个野兽和被盗的药瓶。但必须要尽快。

"我会尽力。"汤姆同意道，意识到如果他要乘着蛋过去就必须加快蛋的救援工作。但蛋现在仍被困在费林岛的岩洞里。

他马上命人取来解救蛋所必需的工具。然后他指示潜艇供应舰开着潜水艇来到水底岩洞的上面。

汤姆乘着蓝天女王快速返回岛上。他正在穿潜水装备的时候，巴德、桑迪和菲利斯跑了过来。

"现在怎么办，机长？"巴德问道。

汤姆向他的伙伴简要说明了他从几个电话中得到的消息。

"在我们做其他事情之前，我们要把蛋救出来。"他穿好装备，把巴德丢在沙滩上的潜水装备递给了他，"快点儿，朋友。我们先准备，潜艇供应舰马上就来了。"

船一到达目的地，汤姆和巴德就拿着专用重型手提钻潜入岩洞，他们开始集中精力在岩石封层上忙活。洞口一打开，两个男孩便小心翼翼地开着蛋来到开阔的水域。巴德用水下电话指挥水面操作，在蛋上挂了个起缆绳，舱体渐渐浮出了水面。

“呀！”巴德突然大喊，“怎么回事？”他被倒挂起来，一只脚被缆绳吊了起来，和蛋一起被拉向水面。

汤姆赶紧接过电话，命令绞车停下来。巴德试图挣脱束缚，先抓住缆绳，可是缆绳断了！

情况非常危急。如果巴德身体的所有重量都集中在被束缚的脚踝处，然后被突然拉上水面的话，他会受重伤。在他被拉出水面之前只剩下一分钟！

汤姆惊恐万分，赶紧游向水面。他越过巴德正在挣扎的身体，拿着鲨鱼刀拼命地砍缆绳。终于，缆绳断了！

没有了拉力，巴德的脚立即从束缚中解脱，他浮出了水面，可蛋渐渐地沉入海底。

“你还好吧，哥们？”他们虚弱不堪地爬上潜艇供应舰后汤姆喘着粗气问道。

“是的，谢谢。”巴德喘息道，“幸亏有你在！你太棒了，哥们，太棒了！”

他们一平复呼吸便又潜入水底，在蛋上重新系了根缆绳。不久，飞船便被安全拖到潜艇供应舰的甲板上。

汤姆、巴德和两个女孩返回了肖普顿。

“今天真是刺激，”桑迪评论完，咧开嘴笑道，“很高兴我的朋友不是一条腿回家的！”

菲利斯大笑道:“或者我的约会对象没有被封在岩洞里！”

接下来的几天，斯威夫特公司的所有人都拼命地工作来完成戴娜四号，实现汤姆对海军部的承诺。

蛋和便捷岩石枪上所有的损坏部件都修复了，新的磁力更大的磁性吸附系统也安装好了。

由亨利·纳普和本·道奇组成的“戴娜”实验室生物团队开始完善一种药效更强的安全镇静剂，用于注射到鲸鱼体内。“汤姆，你接下来要做的就是追捕鲸鱼。”本咧开嘴笑着说道。

用于提升起大岩石样品的巨大的电动抓钩已完成并安装在生物实验室里。

最后一个需要安装在已完成的蛋里面的部件，就是一个可容纳一人的狭小舱体。小舱里面配备有科学工具，可用于检查凹陷的地方。这个舱体被称作微型实验室。

汤姆计划离开的前一天，斯威夫特先生把他叫到办公室。当他的儿子走进来的时候，这位老发明家正在检查一副看似合成的超大号护目镜。

“这是什么，爸爸？”汤姆问道。

他父亲笑道：“儿子，这是巨型眼，我的一项最新发明。

我想让你带几副到太平洋那边去——只不过它暂时还没有完善，你必须自己解决故障。”

汤姆问：“当然，爸爸。这到底是什么东西？我猜是一种水下护目镜，但它是干什么用的呢？”

他的父亲放下护目镜，说道：“如你所知，汤姆，光波在水下会随着深度的增加而越来越短。光谱的红色光波在水下几百米内最先消失，蓝色短光波最后消失。”

他的父亲继续道：“巨型眼事实上是一种电光系统，可减少紫外线的频率，让光线保留在可见范围内。护目镜可以将所有可见光增强一千倍。”

“所以，带着护目镜可以在海底清晰地看到所有东西。”汤姆打断道，“太棒了，爸爸。很多深海鱼的眼睛都特别大，你觉得它们这是应用了类似这种原理吗？”

“可能是，汤姆。”他的父亲回答道，“这确实值得进一步研究。”

汤姆说：“我肯定能用上这种护目镜。”

“但除了巨型眼，我还有其他新发明要让你带到船上去。”他的父亲继续道，“这个小设备是巨型耳！”

他递给汤姆一台小耳机设备，说：“基本上，它和巨型眼的原理类似——它可以将高频声波扩大到人耳可听范围内。只要调节这个调谐钮，里面的微型电子选择器在调至选择的振动频率时，就会自动消除所有声波干扰。”

“太神奇了！”汤姆崇拜地说道，“您真是争分夺秒啊，爸爸。”

第二天一大早，戴娜四号和它的一群爱冒险的船员们登上了蓝天女王，开启了他们漫长的旅途。除了汤姆和巴德以外，戴娜四号上的基本成员包括亚弗·汉森、汉克·斯特林和乔。

此外，在四个实验室里，每个实验室都有两名年轻的科学家——生物学家本·道奇和亨利·纳普、化学家唐·科里和柏特莱姆·汉德森、地质学家乔治·哈里森和丹尼斯·斯顿，以及冶金学家杰克·史密斯和艾伦·史密斯兄弟。

由于寻回药瓶的任务紧急，他们没有时间让戴娜四号试航，而是乘蓝天女王直接飞到太平洋的一个小岛上。由于此前汤姆已经遇到过C国特工，所以他决定秘密行动。戴娜四号是在深夜从小岛上出发的。

当情况适合秘密地航行时，可以将一层厚厚的防光油注射到戴娜四号的托马塞特层之间，不需要的时候可以用清洁剂擦掉。汤姆现在就释放了油幕。

他启动了飞船的监控和感测仪器，可以自动观测药瓶信号和C国潜水艇圆锥。没有发现其中任何一个的迹象，于是，汤姆将戴娜四号开往马里亚纳海沟。将飞船设置为自动驾驶之后，他开始调试巨型眼和巨型耳。

第二天早餐的时候，乔自豪地宣布："我希望你们知道这一路上你们都会享受美食。为了庆祝这次远航，我打算为你们提供我新创的食物——一种特殊的深海生物试品，就像在尼莫船长的船上一样。"他指的是儒勒·凡尔纳的一部旧小说。

"好主意。"汤姆笑道，但餐桌上的一些人对此面露忧色。

巴德建议道："千万不要把脊椎和爪子绞碎了给我们吃！"

乔用力吸了口气说："你不信任我吗，好朋友？"

之后，汤姆在控制室里谨慎地看着航行仪器，他的朋友则仔细研究图表。突然，巴德低低地吹了声口哨，说："哇！你看到这个了吗，机长？我们可能要遇到大麻烦了！"

"你指的是漂雷吗？"汤姆问道，"我以为你知道，它们是二战后留下来的。"

"整个区域到处都是！"巴德大声喊道，"我们要是撞上了其中一个，戴娜就毁了！"

"对。"汤姆说道，"幸运的是我们在深海航行，很安全。"

两个男孩集中精力看着航行仪器。现在，戴娜四号到达了高耸的水下山脉——马库斯·维克海底山脉。汤姆谨慎地前行，巡视海底情况，突然指向一个垂直的建筑。

汤姆说："那是爸爸新的水下无线信号塔。"

"他是为海军部建设的吗？"巴德问道。

汤姆点头说："它建在海底山的顶部，这里是个完美的地点，因为顶部距海面不到36米。但对我们来说重要的是，这个塔意味着我们距离我们的基地很近了。"

不久，汤姆指挥戴娜四号进入马里亚纳海沟极深的地方。蛋在安全落地后，汤姆说："我们试试巨型眼，看看海底究竟是什么样。"

汤姆关闭飞船上所有的灯后擦掉了油层。透过清晰的玻璃舱口，外面是一片漆黑。汤姆满怀期望地戴上了巨型眼护目镜。

"巴德，"他惊叹道，"我们被许多巨大的绿色发光气泡包围了！"

第五章 巨型耳的线索

“绿色的发光气泡！太神奇了！”巴德大声喊道。

乔在厨房里听到了惊叹声，通过对讲机大声喊道：“喂，你们两个家伙是疯了吗？”

“快过来看看！”汤姆回答道。

所有人都跑过来盯着舷窗外看。他们戴上巨型眼护目镜后，震惊地凝视着窗外。

生物学家亨利·纳普兴奋得快要疯了。“他们会是什么呢？”这个瘦瘦高高的人不停地问，更像是在自言自语，“汤姆，我们必须出去捉一些气泡回来。”

“你说得对，亨利。巴德和我会试着捉几个。”汤姆回答道。

两个男孩穿上胖人压力服，戴好巨型眼护目镜的时候，其他船员都回到了戴娜四号实验室。然后汤姆和巴德拿着几个大罐子，冒险进入了冰冷陌生的海沟深处，去把那些奇怪的东西捉一些回来。

汤姆和巴德小心翼翼地靠近其中一些较小的气泡，突然拿着罐子猛地冲上去，捉住了两只水球。

一瞬间，被捉住的墨绿色气泡变成白色！同时，其他的气泡都逃散了。

“这是我见过最奇怪的东西。”巴德喃喃自语道，“他们不是气泡，而是某种生物。”

两个男孩来到了生物实验室，急着检测他们的战利品。汤姆命人涂上一层油，然后将气泡放进其中一个托马塞特样品水缸中（共有两个）。

现在不用戴巨型眼也能看见它们。汤姆和巴德还有两名生物学家观察它们的时候，原本缩在水缸角落里的奇怪东西渐渐地变回墨绿色，游到了水缸中央，它们的后面留下两条淡绿色的痕迹。

“它们的颜色变化真美。”汤姆说道，“我猜白色象征着它们的恐慌。”

“我也这么认为。”本·道奇同意道，“而且，你们看它们透明的身体中央的暗点，好像是某种细胞核。”

“是的。”汤姆说道，“那一定是它们的生命中心，确实看不到任何器官。”

“我们看看它们吃些什么——又是怎么吃的。”亨利建议道。

两个生物学家搜集了他们在实验室里的所有海洋物种——海虫、墨鱼仔、浮游生物等等。这些物种不是被气泡无视就是被它们拒绝。

他们正试着给它们喂食的时候，乔走进实验室，他在厨房准备“海洋特餐”，一直忙到现在。

“试试这些剁碎的海藻怎么样？”厨师强烈推荐道，“我用它做了一道沙拉。”

隐隐担忧午餐的亨利接过了他拿来的绿色东西。

“为什么不呢？”他说道，然后将它们丢进了水缸中。

气泡立即飞快地向浮动的小片海藻游过去吞没它们，就像变形虫一样包裹食物。

“好了，”巴德说道，“现在我们知道它们怎么吃东西了。为什么它们不吃我们给的其他任何东西，却只吃海藻呢？”

“我来猜猜，”汤姆说道，“如你所知，海藻含碘含盐量高，可能这是气泡所需成分。可能它们的身体需要一些直接的化学物质和矿物质。我们可以扔一些原矿物质给它们来进一步验证我的猜想。”

汤姆去冶金实验室和化学实验室取了一些样品。当他将几大块含镁、钛、碘等元素较高的岩石样品投进去的时候，气泡迅速游向它们。这些生物吞没大块岩石后变成琥珀色。

“天啊，让我成为双音牛吧！”乔大声喊道，“它们怎么吃得那么快？”

“照此看来，我猜琥珀色表示它们很开心或满足。”汤姆评论道，“我猜它们是电化学机体，可以溶解岩石、吸收‘食物’中的元素，然后透过表皮将废物排出来。这就可以解释我们在水中看到的绿色的痕迹。”

“这个解释很好，汤姆。”本说道，“你可能说得对。”

“但想象一下，它们将是多么可怕的敌人。”汤姆继续道，“它们会吞没并溶解所有的敌人！”

本点头道：“我从未见过这种形态的生物。”

“我也没有。”汤姆说道，“对于它们，我有种奇怪的猜想。”

这时，年轻的发明家被来自蛋的通讯控制中心的电话打断了。

“我们检测到一个信号，不知道是不是鲸鱼身上的！”

此时，汤姆忘记了气泡，迅速来到蛋的控制中心检查主计算机。

“所有实验室注意。”他通过对讲机宣布，“蛋准备开始追踪药瓶信号了，大家撤回实验室。”汤姆快速启动了关闭程序。

接着，他启动自动驾驶程序，指令蛋追踪信号，并在设定范围内检测到信号后提醒他。

“亚弗，你来监控，我们一旦接近信号就叫我。”他要求道。

汤姆知道利用声呐和水下追踪器——一种用于检测逃脱的水下物体——蛋就可以自动追踪到鲸鱼，他认为由亚弗监控更保险。

汤姆返回生物实验室。他突然出现一种预感，于是拿着巨型耳过去。到了实验室后，他发现所有人都很兴奋。

“喂，汤姆。”巴德叫道，“看看这个！本拿着带有少量电流的电棒电击气泡，结果它们分解了！”

现在水缸里有许多绿色发光小气泡生物，来回相撞，在水缸壁上弹来弹去。

“简直难以置信！”汤姆大喊道。

他直觉地带来了巨型耳，于是他调试了仪器并带到了头上。年轻的发明家快要被高频、连续、重叠的撞击声给震聋了！

“你听，巴德！”他大声喊道，将巨型耳递给朋友，“那些嗡嗡吱吱的声音一定是气泡发出来的！”

这些人在实验室里连续听了半个小时这种刺耳的声音，记

录它们，偶尔做个笔记。汤姆越来越兴奋，最终宣布暂时休息。

“快点，巴德。”他说道，“我们回到我在蛋上的实验室里。我有个超棒的理论想要研究。”

在实验室里，汤姆研究了他记录下的声音，描绘出了声音模式的图表。

一个小时后，他成功地完成工作，扔掉了铅笔。

“这就是我所怀疑的。”他对他的朋友说道，“这些气泡生物事实上来自太空！”

“什么！”巴德大声喊道，“太空！但它们是水做的！”

“确实。”汤姆答道，“我现在无法解释。但有件事我很确定，和我们这个空间的朋友一样，他们使用几何图形代码进行交流！我想我听到的连续重叠的声音模式与我第一次带着巨型耳听到的水下生物声波震动明显不一样。”

“但这些气泡到这里来干什么？”巴德问道。

“我不知道。”汤姆回答道，“但他们对于被困在那个水缸里感到很愤怒。我想我得试着和它们交流——得尽快！幸运的是，我们带了爸爸和我的《星际词典》。”

这是斯威夫特编译过最棒的一套几何图形代码，里面讲了地球人与外空生物交流的最佳方式就是通过几何代码。

两个男孩刚离开实验室就从对讲机里听到一阵响亮的警铃声。

生物实验室里，亨利·纳普疯狂地大叫！

“救命！汤姆！救命！救命！”

第六章 陷入困境

汤姆不安地与巴德飞奔到生物实验室。他们打开门时，一个不可思议的可怕场景出现在他们面前。巨大的绿色泡沫几乎充满了整个实验室！

抗震的托马塞特样本水缸支离破碎地散落在地板上，而里面原本装有几十升的水。两个生物学家紧靠墙站立。

“发生了什么事？”汤姆喊道，被眼前的景象惊得睁大了眼睛。

“泡沫聚集成一个大球。开始不断膨胀，最后撑破了水缸！”本·道奇大声喊道，“它同样也会撞开实验室！”

这个神秘的物体在他们面前变得越来越大，好像生气似的发出闪亮的绿光。

汤姆从不断膨胀的泡沫旁冲过去，跑到生物实验室突出部分的舱口，拼命地快速打开空气室里面的门，希望能摆脱威胁。

就在这时，呼救声再次在他身后响起。“快停下来！”本大声嚷道。

汤姆飞快扫过他的肩，看见本和他的同事现在被紧紧地挤在一侧。这个异常强大的气泡外皮正要把他们碾碎在托马塞特实验室墙上！

“坚持住！”汤姆大声喊道。

打开内部的舱门后，泡沫开始流向空气室。汤姆小心翼翼地站在外面的门前，等到绿色形体几乎填满了空间。然后他迅速按下遥控器打开通往海洋的大门。

顷刻间，令人厌恶的泡沫涌入大海。这个奇怪的胶状物完全进入空气室后，汤姆砰地关上内门，急速跳回，扳下开关，把通往大海的舱口关上了。

本和亨利揉着他们受伤的肋骨，喘不上气。

“汤姆，你刚刚很危险，”本说道，“要不然海水早把我们吞没了。但是谢谢。”

亨利补充说道：“你刚才真的很冷静，小天才。”

汤姆咧嘴一笑。“嗯，”他说道，“气泡十分难对付，又很灵活，我想可以把它当塞子用，还可以同时向外流动。”

巴德松了一口气说：“只要你看准时机打开这些门，这个办法是可行的。”

年轻的发明家环顾实验室的四周。“泡沫把这里弄得一团糟。”他闷闷不乐地说道，“不过，我必须得承认它的皮肤太不可思议了。我从没想过有东西可以毁坏托马塞特，而且还是像软橡胶般柔软的物体！”

本·道奇和亨利·纳普已经开始打捞设备和收拾水缸碎片。然而，整个实验室仍深陷在水里。巴德听从汤姆的建议，从主实验室取出便携式光谱潜艇选择器。这台机器用于清理藤壶和海底物体的黏液。

“我一直在想气泡的问题。”汤姆和巴德在生物实验室安装备用的样品水缸时说道，“我对它的皮肤非常感兴趣。不仅仅在于它能摧毁托马塞特，而且居然能承受海底巨大的气压。”

巴德补充说道：“进入空气后也没爆炸，不得不说真是太结实了。”

“别忘了它还很轻。”汤姆打断道，“我们发现这些泡沫时，它几乎没什么重量。巴德，你还记得吗？用它们的皮肤做潜水服简直太棒了！穿着它既轻便还可以抵抗任何海洋生物的攻击。”

汤姆谈论这个话题的时候眼睛闪闪发亮。“事实上，我给它取了一个完美的名字——海洋之肤！”他说道。

“没错。”巴德激动地说道，“现在我们要做的就是研究如何制作这种材料。”

两个男孩对他们过早的热情大笑起来，返回了汤姆的实验室。他们还没开始做实验，乔宣布午餐已经做好了。

他们刚吃完，从通讯控制中心接收到信号开始忙碌起来。来自鲸鱼身上药瓶的信号变得响亮又清晰。

汤姆迅速启动戴娜四号，小心翼翼地前进，避免掉入敌人的圈套。汤姆通过水中原子追踪器的罗盘航向屏观察鲸鱼的路径，他注意到巨大的怪物走向他们下方的深处S形斜坡。

“它进入了峡谷，巴德。”汤姆说道，“我担心如果用戴娜四号或蛋追踪它会打草惊蛇，让它再次跑掉。此外，峡谷的空间狭窄，我们驾船无法偷偷接近他。不妨穿‘胖子’服下去，悄悄跟上那个大家伙？”

“我赞成，船长。”巴德回应道，“我们有多少时间？”

汤姆说：“这很难说，巴德，抹香鲸能在水下维持50分钟。但我们不能确定它下沉的时间。我们最好立即行动。”

两个男孩穿上胖人压力服，带上准备好的麻醉枪，离开船舱。

“我希望新镇静剂已经准备好了。”汤姆说着，这时他们已经下降到深谷，“我们和海军部在旧式镇静剂上遇到了一样的麻烦。”

到达底部后，他们开始小心地绕过S形的峡谷，这个深度的海床又冷又黑，由于戴着巨型眼，男孩看到了怪异可怕的景观，海底生命在他们周围来来往往。

突然胖人服内的报警信号响起来！

“巴德，”汤姆喊道，“戴娜在警告我们！”

汤姆抬头看向峡谷的边缘，意识到报警器响起的原因。上方徘徊着一个神秘的圆锥！

巨大的黑色物体投下一束强烈的白光射向峡谷。男孩们还未来得及挪动就被发现了。

“我们被困住了，巴德！”汤姆大声喊道，“我们最好向戴娜发信号求助。”

正当他那样做的时候，圆锥的尾部有个舱口打开了，六个穿着潜水服的人迅速游向男孩们。他们分成两组，其中三人游向大峡谷的弯道。

“那三个人去追踪鲸鱼了。”汤姆肯定地说道，“他们有麻醉枪，我猜带着网罩的三人是来追我们的。看起来我们要打一场硬仗了！”

“交战”双方实力悬殊。C国人还未靠近，潜水员们就撒下网抓住了汤姆和巴德。尽管他们费力挣扎，还是无济于事，他们被迅速拖向恐怖的潜水艇。

汤姆在网里拼命拉扯。他看见戴娜四号抵达大峡谷营救他们。但是，他们必须在到达圆锥前挣脱网！

后来，数以百计的绿色发光气泡不知从哪儿冒出来了。保

加利亚潜水员开始恐慌起来。

C国人没打算攻击这些陌生的敌人，试图逃离。一个巨大的泡沫迅速吞没了一名潜水员。他挣扎的时候松开了网。

汤姆和巴德发现自己缓慢地翻滚到了峡谷的地面。巴德一阵眩晕，胖人服里面的陀螺脑让他没有倒下去。

巴德匆忙地看向自己的朋友。发现汤姆后，他惊恐地大叫起来。

一个巨大的泡沫正要吞噬汤姆！

第七章 致命的浮雷

C国人的网在他们身后下沉，巴德一把抓住，然后抛向绿色巨型气泡。

“这样就能困住了。”他震惊地凝望着那边想道。

那个大球突然变成了白色，分裂成好多小气泡。他们很轻易地从网格中溜出来了！

“汤姆，你还好吗？”巴德看到他的朋友努力站起来时问道。

“我很好，谢谢。”汤姆说道，“但是那个气泡怎么回事？虽然我们确实在实验室里见过较小的气泡的分解，但我怎么也想不到，那个气泡也会像那样分解。恐怕我们现在得担心它们会给我们带来什么麻烦了。”

蛋在亚弗·汉森的指引下来到了两个男孩所在的位置，汤姆和巴德激动地爬进了安全舱内。

此时，受到奇怪生物攻击的C国人惊吓得仓皇失措，已经回到了圆锥，逃离这片海域。

“他们只是受到威胁暂时离开。”当亚弗·汉森告诉汤姆C国人逃跑时，汤姆说道，“但鲸鱼呢？”

“恐怕鲸鱼比他们逃得还快。”亚弗回答道，“圆锥的到来一定让它有所警醒，以最快的速度逃回同类身边。”

“所以我们回到了原点。”巴德说道。

“也不完全是。”亚弗笑着说道，“我们还在跟踪药瓶信号。因为我脱离了实验室，所以我可以引导蛋降落在这个狭隘的山谷。如果你想，我们也可以追随鲸鱼，现在就离开。”

“那还等什么？”汤姆反驳道。

他发动戴娜蛋离开峡谷。椭圆形太空船打开开关，平稳划出流线型的烟状，然后出发寻找鲸鱼。哺乳动物开始出现后，蛋急速冲到海面下方跟在它的后面。

但是不一会儿，亚弗大声喊道：“快看声呐屏！”

一大片悬浮物在正前方若隐若现！浮雷？汤姆立刻驾着蛋潜入海底。高速行驶的飞船从那些物体下方穿过，几乎与最近的一个擦肩而过。

“唷，它们是什么东西？”巴德问道。几乎还没等其他人发现那些物体时，蛋已穿过了那片海域。

“我觉得它们是浮雷。”汤姆回答道，“我们和鲸鱼可能差点就被炸成碎片了。我要检查一下它们。”

汤姆把蛋开到水面，小心翼翼地返回悬浮物体中间。

确实是浮雷！

汤姆将蛋保持在安全距离，然后从实验室发出高强度声震波，那些致命的浮雷爆炸了。

“现在不会有不知情的船只在那片海域爆炸了。”飞船沿着原路线离去的时候他说道。

“也许我们做了一件好事，机长，但鲸鱼和信号都消失了。”亚弗·汉森说道，“野兽已经离我们很远了。”

汤姆说：“这些天它确实在移动。”

虽然他们感到很失望，但也很满足自己做了件好事——他们阻止了浮雷区域的爆炸。汤姆用海底无线设备联系了海军部潜水艇的哈珀，告诉他鲸鱼和浮雷区的情况。

“别担心鲸鱼了，它还会再出现的。”潜水艇指挥官说，“汤姆，浮雷这件事，你们做得很好，我们都很感谢你们。”

潜水艇指挥官又说：“既然你在那片区域，有一件事你还能帮助我们。到你父亲建造的海底无线信号塔周围看看，最近那里传来一些奇怪的无线电噪声和信号干扰。”

“好的，指挥官。”汤姆回答完便中断了信号。

他驾驶着蛋向无线信号塔海底山驶去，汤姆简单向其他人说明了和潜水艇指挥官的谈话内容。

“当然，我们不得不在途中停下来，找回四个实验室。”

他最后说道。

他们返回S形峡谷，发现四个实验室的科学家正在观察和探寻周围深海区的环境，实验室后方牢牢地拴着蛋的船体上。再一次完成任务的戴娜四号取得连胜，向遥远的无线信号塔驶去。

太空船处于自动驾驶模式，汤姆和巴德向生物实验室出发了。汤姆很开心看到飞船再次正常运转。

“汤姆，”亨利·纳普说道，“我们已经研制出了新型镇静剂，你离开的时候，我和本，还有唐·科里、柏特莱姆·汉德森在化学实验室专心研究问题所在，我们成功了！”

汤姆说：“太好了，亨利！”

“让我来给你展示一下它的功效。”生物学家说道。

亨利走进一个大型样本池，将一微克的物质注射进一条大石斑鱼体内，这条大鱼立刻就不动了。

“太棒了！”汤姆说道。

“我们已经计算出击倒一头鲸鱼或其他巨型生物需要的剂量。”亨利继续激动地说道。

“这是一种瞬间睡眠药物，”巴德调侃说，“那么，叫它奎克·纳普怎么样？”

“听起来不错。”亨利表示同意。

“确实不错。”汤姆说道，“假设我们能抓住它，我很期待奎克·纳普能让鲸鱼睡着。”

他向亨利和本讲述了他们追寻哺乳动物，遇见矿藏，还有圆锥和大气泡的经历。

“真是一场大冒险！”亨利说道，“下一步怎么做？”

“现在，我们正要去无线信号塔。”汤姆回答。

为了避免被检测到，戴娜四号被涂上一层油幕继续前行。等到飞船靠近无线信号塔附近的海底山，汤姆擦掉了油幕。

C国的潜水艇圆锥！

突然间，海底山顶部爆炸，散落出很多岩石和沙砾。不一会儿，戴娜四号在爆炸的震波中开始剧烈摇晃。

汤姆抓紧椅子的扶手，向外瞥了一眼，看见塔的巨型钢架摇摇欲坠，然后正好朝着戴娜四号的方向倒了下来！

第八章 敌人的圈套

汤姆立即反向旋转控制装置。戴娜四号迅速加速，躲开了倒下来的无线信号塔。这个巨大的建筑物惊险地擦过飞船，在海底山脉的坡面上分崩瓦解。

“真快，机长！”亚弗大声喊道，“你刚刚救了我们！”

“还是运气好。”汤姆谦虚地说。

“噢，是吗？”巴德说道，“如果你没有看到无线信号塔开始向我们这边倒来，我们肯定没命了！”

惊险过后，汤姆说道：“我想我们最好将此事告知海军部。”

他用无线设备联系了指挥官哈珀，向他汇报了最新的不幸遭遇。

“我们一直担心这种事发生。”军官说道，“自无线电塔建成以来，C国人一直对此感到不安。好几次他们都试图破坏，最终还是做到了。太糟糕了，但很高兴你们都逃出来了。”

“但我们最关心的是，要花多久才能将它重新建起来。”军官补充道，“你觉得会要多久呢？”

“如果海军部允许，”汤姆回答道，“我很快就能将它修复。”

他向指挥官描述了便捷岩石枪：“它能很快完成这项工作。”

军官说：“赶紧干吧，汤姆，如果你认为自己能够胜任这项工作。不用担心政府那边批准，我会解决。”

那座无线信号塔并没有损坏得太严重。利用戴娜四号装配的钢索和蛋的原子能，汤姆的全体船员穿着胖人服，轻轻松松地将它推正了。

无线信号塔砥柱立起来后，汤姆用他的便捷岩石枪在塔底建起了一个牢固的岩石地基。由于要在塔底支架周围建起一个庞大的岩石地基，耗时比较长。几个小时之后，塔已经稳固下来，运行正常。汤姆和他的同伴们将设备放回蛋里，然后脱下他们身上的装备。

穿着胖人服的乔看起来就像一个超大号的矮胖子。厨师最终从胖人服里面爬出来，厌弃地将它踢远了。

“还算一个新的发明？什么破东西！”乔气急败坏地说，“它简直可以让牛仔憋死，用不着担心在海水里被淹死。”

在他穿着他的牛仔靴去厨房的时候，其他人都大笑起来。汤姆用无线装备联络了指挥官哈珀，向他汇报这个好消息。

这位军官惊得目瞪口呆。“你没开玩笑吧，”他说道，“无线信号塔已经修好了？怎么会？几个小时前你才告诉我它被毁了！”

汤姆向他保证信号塔已经恢复正常运行。

“你做得太好了，我们要向你表示由衷的感谢。”他回答道，“我敢说全国所有人都得感谢你们！”

汤姆向船员们转达了指挥官的信息，笑着补充道：“这是对厨房里的乔由下至上所有人的感谢。”

那天晚上，在戴娜四号甲板上举行了一个小型庆祝会。作为一项特殊款待，乔为他们做了一顿丰盛的晚餐——烤牛肉、土豆泥和苹果派。正如他向巴德保证的那样，这里“没有一道新创的古怪的深海特餐”！

之后，汤姆将自动驾驶仪设置为驶向马里亚纳海沟的研究基地。接着，他和其他人都去睡觉了，只有留下汉克看守通讯控制中心。接近午夜的时候，汤姆被他床边的蜂鸣报警器惊醒。

“我们接收到鲸鱼的信号。”当他匆匆走进通讯中心的时候，汉克向他招呼道，“至少，我认为是这样。声音听起来有些奇怪，但——频率有点儿不同。”

汤姆认真地听着。“是的，听起来确实挺有意思。”他同意道，“可能信号发射器正开始工作。信号发送已经有一会儿了，我们要赶紧去抓住鲸鱼。”

汤姆移动自动驾驶仪来追踪鲸鱼。很快，信号强了起来。他让巴德留下来控制设备，他则在麻醉枪里装入从生物实验室拿来的最新奎克·纳普镇静剂。

回到通讯控制中心后，他发现信号位置被定位在昏暗的峡谷上的一片针状的岩石林里。

“你想到过鲸鱼会选择那种地方吗？”巴德说完，打了个哈欠，又补充道，“它可真是个坏脾气的家伙。”

汤姆戴上巨型眼，将戴娜四号谨慎地停靠在针状岩石林旁，开始搜索信号。不久，他警惕地不动了。

“巴德，看那边。”汤姆催促道，指向两块大岩石之间的巨大的暗影，“那是鲸鱼吗？”

下一刻，他的问题就有了答案。戴娜四号舱体沐浴在明亮的聚光灯下。

那个暗影是C国的潜水艇！

就在此时，一声命令透过水下无线通信装置传出来：“赶紧投降，否则我们就发射鱼雷了！”

“不要！”巴德低声说道。

汤姆毫不犹豫地将戴娜四号的机头转向朝上。飞船就像一头“走”在尾巴上的海豚迅速逃出了包围圈。

C国的潜水艇机体更重、更不灵活，但同时也迅速离开了这个危险的岩石林。圆锥还没能开始追击，戴娜四号已经安全离开，在此驶向马里亚纳海沟基地。

“兄弟，真是惊险！”巴德说道，“反应真快，汤姆。我还从未见过戴娜反应那么快。”

“很遗憾我必须立马这么做。”汤姆回答道，“最好看看有没有人受伤或被撞到。”

巴德很快返回，告诉他除了一些瓷器碎了，其他一切完好。没有人受伤，但大家都很关心到底发生了什么。

“可以确定一件事，巴德。”汤姆说道，“我们以后追踪信号必须步步小心。很明显，C国最终发现了信号，并能够几乎完美地复制声波模式。尽管现在模仿得还不完美，但可以肯定他们会继续努力设下更可怕的圈套。”

他比以往任何时候都更希望追捕敌人的潜水艇圆锥，并尽可能找到它的基地。他轻笑道：“或许我们可以将它封锁起来，阻止它追捕鲸鱼。”

“对，我们出发！”巴德催促道。

两个男孩决定在海底搜寻。汤姆和巴德停在了狭长港口，向黑暗的海底射出巨大的探照灯光。没有任何潜水艇和不寻常事物的迹象。直到他们离马里亚纳海沟很近时，汤姆让戴娜四号暂停了下来。

“怎么了，机长？”巴德透过对讲机问道。

汤姆说：“我在珊瑚礁上发现一艘旧帆船的残骸。或许我们应该过去看看，那一定具有历史价值。而且，这边是浅海域，我们可以穿上潜水装备出去。怎么样？”

“我们出发！”巴德同意道。

两个男孩拿着鱼叉，离开戴娜四号，在珊瑚礁上盘旋。他们在船的外边缘上搜索了一会儿，对迷人而参差不齐的野珊瑚礁惊叹不已。

来到旧帆船的残骸里面，他们很快发现一个旧桶，木桶有一半都腐烂了。汤姆悠闲地跟在后面，巴德游到木桶旁，手伸了进去。这时，汤姆看见什么东西而发抖——一张张开的大嘴和一排排有毒的獠牙！一只海鳗要攻击他的朋友！他跑过去想要提醒巴德，但还是太晚了。海鳗咬向了巴德裸露在外的手！

第九章 海底保险箱里的宝藏

看到海鳗就差一点就攻击到巴德的手后，汤姆在它要再次攻击前，尽最大努力来到他的朋友身边。他迅速跃起，用他的鱼叉穿透海鳗的头。

巴德惊得向后跳去，尽管隔着面具，但仍能看出他眼中的警觉和随之而来的放松。他看着汤姆，用唇语说道：“谢天谢地！”

之后剩下的残骸看起来索然无味。船以及里面的东西都腐烂得快要瓦解了。

没有发现任何感兴趣的东西，汤姆做了个手势道：“我们回去。”

巴德举起一只手指，示意他：“等一会儿。”

他刚刚打开一个腐烂的水手箱盖子，盖子在他手中都快要粉碎了。

“有什么东西吗？”汤姆好奇地问道。

巴德警惕地把手伸进去。他举起一把被海藻覆盖的钱币，突然咧嘴一笑，将钱币递给汤姆。巴德俯下身要摸出更多的钱币时，汤姆用拇指指甲刮掉一枚钱币上的碎屑。

“金子！”他大声喊道，“金币！”

巴德举起第二把金币时咯咯大笑，将它交给他的朋友后又开始继续摸索。汤姆将金币装进他的口袋。他也在笑，但突然他的笑容僵住了。

“巴德！”他大声喊道，“我们的氧气快要用完了！”

他的朋友听不见他的声音，他用力拉他的一只胳膊，指向他的氧气筒上的计量器。巴德的手上满是金币，但他来不及去寻找更多宝藏。两个男孩快速游回了戴娜四号。

登上船后，他们对于他们的发现感到非常兴奋。巴德说他把箱子里的所有金币都拿过来了。宝藏在化学实验室里被清洗干净后所有人都兴奋得大叫。巴德实际上发现的是装运在快速帆船上的古老的A国钱币。

“看，这里有个完好的女神头像。”汉克·斯特林说道，他是个钱币收藏家，“还有个印第安头像！他们非常有价值，真是个惊人的发现。”

乔看着巴德：“天啊，真是神透了！我居然还找到一枚水牛头镍币。有了这些钱你完全可以退休了，巴德小子。”

“什么！”巴德惊呼道，“还错过了与老天紧要关头时在一起的所有乐趣？”

兴奋的心情平息后，汤姆和巴德意识到他们有多累了。晚餐过后，他们直接回到床铺赶紧补觉，而戴娜四号则继续驶向它的基地。

第二天一大早，飞船到达马里亚纳海沟的斜坡，汤姆将它停靠在之前选好的地址——就在斜坡边缘下面。

“我们没有从海军部那边得到更多关于鲸鱼的消息。”汤姆告诉他的全体船员，“我们不妨在这里做我们自己的事，至少等到再次定位到鲸鱼的信号。总之，我建议把戴娜停在海沟，立即开始收集试样和样品。我们自己还有很多工作要做。”

戴娜四号缓缓地沉降在这个陌生而险峻的深谷。那是个充满黑暗和无尽压力的可怕世界。

飞船轻轻地接触到淤泥海底时，四支研究团队的成员都穿上了胖人服。然后，他们使用强大的探照灯，到这个冰冷的海底探险，搜集试样。

由于地质学家们的沉重的设备需要人力协助，所以汤姆和巴德决定帮助他们。为了获得化石地层试样，他们需要在岩石上钻出长长的岩心。

“真好奇我们会发现什么。”汤姆自言自语道。

四个人在海沟的斜坡上开始钻探。只钻进了一小段，汤姆便发觉到一阵低沉的轰鸣声。他立即意识到大钻孔机的震动导致海底斜坡动荡！

“塌方！”汤姆透过声呐对讲机大喊。他、巴德、乔治·哈里森和丹尼斯·斯顿赶紧进入安全地带。这场巨大的滑坡仅持续了一分钟。结束后，他们透过探照灯的光线看到了斜坡上豁然打开一个洞，塌方将它暴露了出来。从这个危险的黑洞里传出一连串快速的爆破声，就像是机关枪的射击声！

“汤姆！”巴德大声喊道，“是什么声音？”

“我大概知道，”他的朋友回答道，沿着铺满碎石的斜坡走近洞口，“但我要靠近看看。”

汤姆仔细地凝视着这个大洞，并读取了他身上连在胖人服上的便携计量表上的几个数据。

“我确定是蒸汽引起的像机关枪射击一样的声音。”他最后说道，“一定是下面某种强大的压力引起的。当水蒸气进入冰冷的海水就会发出这种爆破声。”

“第二个问题是：我们怎么查明？”地质学家乔治·哈里森问道。

汤姆笑了。“简单，”他说道，“巴德和我进到洞里查看！怎么样，巴德？”

“随时听您指令，机长。”巴德说。

两个男孩不顾地质学家反对，很快走近大洞。他们将探照

灯打开照亮，沿着窄窄的通道前行。汤姆和巴德发现他们进了一个巨大的无水岩洞。在他们的正下方就是一个湖！

“哇！”巴德小声惊叹道。

“太棒了。”汤姆同意道，“就像我常见到的冥府图画或但丁《神曲》的画面一样。巴德，我猜这东西正在煮海水！”

“为什么这里没有水蒸气？”巴德问道，困惑地看着四周。

“这是水蒸气。”汤姆回答道，“只有这里没有空气，所以它不会浓缩。由于它比外面的海水承受的压强更大，它从洞口涌出。当然，它必须承受更大的压强，否则海水就会涌进来。”

“巴德，你有没有发现这个地方太适合地质研究了？”汤姆兴致勃勃地继续说道，“就像是延伸至地壳的洞！这个岩洞里的矿物质一定跟地球形成的时候一样！化学家和地质学家一生都可以在这里研究！”

“一生！”巴德苦下脸说道，“可不包括我，但我知道你的意思。”

“我们必须取回海水样品，如果真是那样的话，”汤姆急切地说道，“所以我想我们得走进去。”

穿着笨拙但功能非常齐全的胖人服，只能迈着古怪的步伐，他侧着身小心翼翼地前进，巴德则跟在后面。

他们小心谨慎地沿着陡峭的岩质边坡走到下面的湖水边缘，然后涉入湖水中。很快，沸腾的海水漫至他们的膝盖处。汤姆小心地保持平衡，操作胖人服上的放缩仪臂，直到少量样品通过容器灌入胖人服里的简易分析器里。湖里实际上是海水。

“我们只能等回到实验室才能全面分析。”汤姆说道，“这种物质里一定含有各种盐分。科学家来到这里一定会非常开心——如果他们能够忍受在这样的高温下工作。即使穿着这种装有空调的绝缘胖人服，我也感觉像是走进了熔炉。”

“颇有同感。”巴德回答道，“我都想替胖人服擦头上的汗了，如果——”他突然停下来。

汤姆问：“巴德，怎么了？”

“汤姆！”他的朋友难以置信地大声喊道，“你的胖人服双腿开始融化了！我们必须离开这里！”

“如果我们还能离开的话。”他们爬上湖外的斜坡时汤姆想道。

那个坡太滑了，为了支撑自己，他用机械手攀住了泥泞的小山。巴德跟在后面。

一离开湖水，他们开始沿着岩石斜坡往上爬，但胖人服的腿似乎没有以前灵活。最后汤姆攀住了外凸的暗礁。

“你跟上了吗，巴德？”汤姆问道，半转过身。

巴德试图抓住暗礁，但他的金属手指仅擦过它，然后滑下去了。

“噢，不——”汤姆看到他的朋友迅速下坠时大声喊道。

巴德的胖人服腿重重地敲在斜坡上，岩石擦过他的压力服。巴德落下的地方仅离那个沸腾的湖泊30厘米远。他极其恐慌地抓住岩石。

“坚持住，好朋友！”汤姆喊道，并小心翼翼地快速爬下来去救他。

汤姆为巴德挖出了落脚点。巴德继续抓住正在剥落的岩石，直到他平衡下来。他们胖人服里的空调装置变弱，酷热钻进了两个男孩的身体。他们顽强地沿着斜坡爬向岩洞出口。汤姆想道：“如果我们不尽快出去，等制冷系统坏了我们就完了！”

第十章 可怕的警告

“我们必须出去！”汤姆和巴德疯狂地沿着斜坡爬向岩洞的暗礁处时，疯狂地想着。

他们到达后，两个男孩都用对讲机向等在隧道外面的地质学家发送求救信号。他们压力服里的热度已经让他们无法忍受了。

爬在前面的巴德最后开始沿着崎岖的通道向海洋里滑下去。但他被高温损坏的胖人服腿部开始在他下面弯曲！他警觉地向前一跃，用他的缩放臂攀住了岩石。他努力地向大海的方向爬去。

“汤姆，”他大声喊道，“看看你能不能拉住我压力服的腿！”

汤姆从巴德后面摇摇晃晃地过来，他的压力服腿部也开始弯曲。他奋力一动，抓住了他朋友向外伸出的腿。他们一起向海洋入口一动。他们的胖人服几乎不起任何作用。

“唷！”汤姆喘着粗气道，“我想我们要命绝于此了。我们要沿着这边进入大海，而且要快。”

“喂，机长！汤姆、巴德，你们在哪儿？”他们的对讲机里传来熟悉的声音。

“汤姆，那边是斯托尼！”巴德看到地质学家丹尼斯·斯顿和乔治·哈里森时几乎大叫起来，“这里，斯托尼！”

“看起来我们赶到的很及时。”他们沿着通道拖两个男孩的时候乔治说道，“说说‘热’点吧！坚持不住了吧！”

“还用你说！”巴德呻吟道。

再次回到戴娜四号凉爽舒适的蛋里，他和汤姆迅速恢复过来。同时，胖人服也在车间“恢复中”。

“我完全被那个盐湖吸引了，汤姆。”乔治·哈里森说道，“如果我们可以想办法在那里工作，那将会是个了不起的地质实验室。”

汤姆点头道：“但首先我们要研制出抗热抗压压力服——要比胖人更好。‘胖子’不是专为抗炽热高温设计的。一旦我们找出其中奥秘，也许海洋之肤可行。”

“同时，”乔治说道，“我还有其他工作要做。斯托尼和我想去海底找一些上好的化石。”

两位地质学家返回海底，重新开始钻探。此时，他们的同伴在研究海底生物和矿石形成。不久，科学家团队带着样品返回戴娜四号——几罐软泥、几大块岩石和几瓶奇怪的生物。

“干得好。”汤姆和巴德看到科学家放下他们的重要宝藏时说道。

“的确，”斯托尼回答道，“但我还想去另一个地方搜集一些试样。昨天我们在无线信号塔上工作的时候，乔治和我看到一个非常窄的深洞。”

“我也看到了。”生物学家本·道奇打断道，“我想去那个洞里看看！那里可能有一些在较高海域里灭绝的海底生物。”

关于深洞的讨论吸引了他们的同伴。大家一致认为在那里找到的岩石和软泥样品将会非常有价值。

“我没意见。”汤姆同意道，“我们要停下来，然后把戴娜带到那个深洞上面。”

“噢，不，”巴德坚定地说，但眼神闪烁，“我要先照看另一个洞。”

“在哪儿？”斯托尼皱着眉头问道。

“在我胃里，”巴德说道，“你们都吃过了吗？”

汤姆假装对此感到不满。“我们即将找到最振奋人心的科学发现，而他却在想着他的胃。”汤姆调侃道。然后他大笑道：“好了，我知道大家都饿了。我们吃完午饭再去那个深洞。”

结束后，汤姆将戴娜四号开到驶向无线信号塔的航道，驶向海底深处神秘的深洞。很快，透过前舱门，熟悉的信号塔在他们前面隐约可见。

“停在那里！”斯托尼大声喊道，“那就是我们讨论的深洞。”

汤姆熟练地将戴娜四号停靠在海底那个狭窄却明显很深的洞旁，说道：“洞太小了，蛋或任何一个实验室都进不去。我们必须想其他办法进去。”

巴德回答道：“微型实验室呢？它一定足够小了，而且它有托马塞特外壳，应该安全。”

他停顿一下，然后补充道：“事实上，微型实验室只容得下一个人，因此，我自愿进入那个洞。”

他的话引起了很多反对声。这太危险了。科学家们坚持，如果要去的话，也应该是他们其中一个。但巴德指出他们在实验室都有工作要做，反正他也没有什么特别重要的事儿。

“好。”汤姆最后说道，“但看在上帝的份上，一定要小心。你走后，我要在周围巡航，看看能不能接收到药瓶的信号。我们两个小时后会回来接你。”汤姆承诺道。

“我会在这里等你们，机长。”

巴德爬进微小的雪茄状微型实验室，进入双层舱后被推向更远的地方，他小心地驾驶进黑暗的深洞。等他消失后，汤姆将戴娜四号设定到最大范围内搜查垂直领域设计的程序，搜寻药瓶的信号。

没走多远，戴娜四号的自动监控设备发出警报，指示接收到一个声呐信息，是政府发给汤姆·斯威夫特的。

“一定又是哈珀。”他想道，匆匆来到通讯控制中心。

的确是海军部潜水艇指挥官。“汤姆，”他说道，“很高兴我们能联络上你。我要告诉你一个政府那边的紧急信息。”

“情报局汇报可靠消息称C国潜艇圆锥最近返回到母港，要装备一些威力极大的新型水下武器！政府查不到这个发明到底是什么，但情报局确定一件事：这个武器的主要目标是戴娜四号！这将非常棘手！”

汤姆冷冷地笑了，想道：“他们一定急切地想摆脱我们！”

他大声说道：“非常感谢您的忠告，指挥官。如果圆锥在我们附近，声呐屏幕会立即显示出来。而且，我们在这儿还有很多其他工作要做。”

“好，要小心那些C国人！”潜水艇指挥官提醒道，“如有需要，我们随时待命。”

信号中断后，汤姆再次集中注意力搜寻信号。快要接近他向巴德许诺的两个小时时，仍然没有任何鲸鱼的踪迹。

“我最好跟巴德商量一下，”汤姆想道，“等他上船后，我们要继续搜寻。”

汤姆给他的朋友发送了一个暗号，却没有收到回复。反复尝试仍没得到回复后，他开始警觉。

“会发生什么呢？”汤姆自问道。

他将戴娜四号掉了个头，快速将灵活的飞船开回深洞区域。他再次呼叫巴德，但仍没有回复。微型实验室还在深洞里吗?

快速调查之后，他发现实验室并没有在附近！

汤姆正在讨论该怎么办的时候，注意到更让他担心的东西——水中残留有一条绿色的痕迹！

第十一章 红色恐惧

汤姆越来越担心巴德到底发生了什么。他穿上胖人服，进入深洞底部。微型实验室没有在那里。

“气泡一定绑架了巴德。”他肯定道。

他恐慌地返回戴娜四号，告诉其他船员他的怀疑。

“绑架！”乔愤怒道，“它们不能这么对小男孩！我宁愿是个我可以捆住的人，但它们是讨厌的气泡，你都无法用缆绳捆住它们！”

汤姆说道：“当然，这只是我的猜测。我们现在对气泡的习性了解还不够。或许它们不会伤害巴德——但是气泡有能力伤害。记得它们其中一个曾想吞没我、胖人服和一切。如果它们那么对巴德，把他带到某个地方——”

“那么，我们该怎么办？”亚弗·汉森问道，他展开双手，做了个无能为力的姿势。

“首先，我们可以追踪气泡。”汤姆坚决地回答，“我们有巨型眼和巨型耳。我们可以设置水中原子追踪装置来跟踪绿色痕迹。”

“你是说我们或许可以联系气泡？”亚弗问道。

汤姆答道：“是的。”

汤姆立即设置程序追踪绿色痕迹。利用巨型眼护目镜，他和亚弗·汉森透过前舱门密切监视动静。

亚弗听到汤姆一声兴奋的喊声后跑到他的身边。“看那边！”他指着前方大声喊道。

在戴娜四号的右前方是一片巨大的水下草地。那里聚集着数百个气泡生物。它们似乎在随意“吃草”。它们到底是在吃什么东西还是只是在搜集什么东西？

“它们好像在从海底拾东西。”亚弗最后说道，“不管它们在干什么，那些生物在将东西放入那边比其他气泡更大的绿色气泡里。”

“我认为它们正在搜集食物。”汤姆声称道，“可能是锰结核矿，那一片海底到处都是那种东西。而且你也知道粗金属和粗矿石对这些气泡又意味着什么。”

“但我在周围没看到任何巴德和微型实验室的踪迹。”亚弗发表意见道，“你认为呢？”

可怕的推测在汤姆脑海中不断出现。如果气泡将巴德带出了微型实验室，他现在怎么可能还活着呢？他有没有可能在哪个绿色的大气泡里？

“我必须与这些生物交流！”汤姆决定道。

他利用《星际词典》，疯狂地工作来算出一个几何公式，通过这个公式他就可以向这个大气泡询问巴德。汤姆工作的时候，科学家团队则在津津有味地看着气泡“吃草”。

“那片地一定是个宝库！”冶金学家杰克·路易斯沉思道。

“不仅仅是对于科学，”他的兄弟艾伦补充道，“光那片草地的锰结核矿产量就值一笔巨款！”

这时，汤姆冲回了通讯控制中心，挥动完成的公式，手里拿着一台超声波发生器。

“汤姆，”汉克·斯特林大声喊道，“什么事让你这么高兴？”

“我已经算出了一个我认为可以让那个气泡听懂的公式！”汤姆说道，“我现在要做的就是编码，将它输入到这台高频声波发生器，看看会有什么反应。”

汉克·斯特林笑了。“我都不如你。”他摇着头说道，“那就赶快安装好你的发生器吧。”

他帮汤姆将装置安装在蛋船体的一个排气孔上，然后这位年轻的发明家开始向气泡播放他的绝热脉冲。他们的墨绿色立即闪烁着明亮的绿光！

“绿色代表生气，但也有可能是兴奋。”汤姆猜测道，“看！它们聚集到那个大气泡周围。我们一定让它们激动起来。看看能不能收到什么回复。”

汤姆迅速将巨型耳安装到外面的一个插座上，集中精力解码听到的混乱的高频声音。不久，胜利的表情浮现在他的脸上。

“至少一些信息传达给他们了。它们希望我出去！”

“汤姆，不要出去！”汉克恳求道，“我们不能相信这些奇怪的生物。为什么不再跟他们谈谈？”

“它们可能也不相信我们。”汤姆回答道，“但是，我必须去，它们是我们了解巴德去向的唯一线索。据我们所知，巴德，还有微型实验室和所有的一切可能在那个大气泡里！”

他穿上他的胖人服，缓缓进入大海，立即被绿色的生物包围了。它们杀气腾腾地向他冲过来，迫使他向大气泡前行。

汤姆对它们的力量感到震惊，他无法击退它们。当他被迫靠近大气泡的时候，大气泡突然张开了危险的大口。

汤姆疯狂地挥动他的胖人服的胳膊，试图避开被这些挤在他周围的小气泡抓捕，但他的努力徒劳无效。

过了一会儿，巨大的戴娜四号出现在他的身后，将这些生物吓得向四处逃散。蛋船体上打开了一个舱口，穿着胖人服的汉克·斯特林和生物学家本·道奇突然出现了。他们匆忙帮助汤姆返回安全的机舱。

“你真是吓到我们了。”他们三个脱掉压力服时汉克说道。

本·道奇点头同意：“你说得对。但我知道如果我们要和那些外来生物成为朋友的话，汤姆·斯威夫特是唯一可以做到的！”

“多谢，汉克，本。”汤姆说道，“那些奇怪的生物非常想把我塞进那个大气泡里，而且我根本躲不开它们。”

汤姆匆匆来到通讯控制中心。透过舱口，他看到无数气泡游进了那个大气泡的开口。然后，那个大气泡开始缓缓地上升。

“快点！”汤姆向他的船员喊道，“我们出发！我们必须追上它们，努力跟它们交流。我确定它们是我们解救巴德的唯一机会——或者，至少是知道他发生了什么的唯一机会。”

“我们面对现实吧，汤姆。巴德可能死了！”亚弗·汉森说道，“我但愿他没有，但——”

“我知道。但他也有可能没有死！”年轻的发明家回答道，“而且那个大气泡是我们找出真相的唯一线索。”

戴娜四号迅速追向那个巨大的球和一些小球。奇怪的物体继续向太平洋海面上升，试图逃走。

戴娜四号紧跟其后，不久，它便冲出水面进入空气，正好被卷入狂暴的台风口中！

“喂，好大的风暴！”汉克大声喊道，“你在深海里轻易地忘记了在陆地上会遇到各种不测。”

气泡和戴娜四号被高耸的海浪猛烈地冲击。

“汤姆！”阿维德·汉德森突然大声喊道，“我看到不远处有座岛——更糟糕的是，是一片珊瑚礁！”

他刚说完话，大气泡就被巨大的海浪举起，甩向珊瑚礁尖锐的岩层上。撞上尖锐的珊瑚后，看似牢不可破的生物立刻被撕裂了。

大球立即变成恐慌的白色，然后变成红色。这些生物受惊了！

汤姆惊恐地紧紧盯着眼前的景象。利用他的巨型耳，他可以听到大气泡因痛苦而发出虚弱的高频尖叫声。绝对不可能是个圈套，这些奇怪的生物遇到麻烦了。

汤姆立即下定决心。他要去救他刚才的敌人！

第十二章 鱼头人

汤姆小心谨慎地将戴娜四号靠近尖锐的珊瑚礁，这在巨大的海浪中是非常危险的行为。

他一直调整飞船的斥力装置梁，避免戴娜四号撞到珊瑚礁上。

“现在看起来似乎进退两难，汤姆。”亚弗·汉森说道，“我们可以避免撞上珊瑚礁，但我们怎么才能不用到珊瑚礁上面去就能让那个气泡摆脱它？”

“我一直在想，亚弗，但这确实是个难题。”汤姆说道，“事实上，那几乎不可能。但我想我可以让蛋变形，让它变回海豚的形状，然后尝试用戴娜四号的头部将气泡升起来。”

亚弗惊讶地吹了声口哨。“那不容易做到！”他说道，“你怎么确定在珊瑚礁的巨浪中我们可以保持稳定？”

“我不能保证。”汤姆回答，“但不管怎样，我都会尝试。”

他首先给超声波发生器编码，传递等待救援的信息，然后将其发送给被困的气泡。然后，他将戴娜四号完全展开，让它的头部变成雪茄状。向上倾斜飞船，在它变成海豚形状后，他小心翼翼地靠近那个巨大的神秘生物。

汤姆用斥力装置波束抵抗海浪的冲击力，将钩鼻伸到现在软弱无力的气泡下面，然后突然敲击反速控制装置。戴娜四号迅速向后冲出海浪，将气泡高高地举起。

通讯控制中心爆发出一阵欢呼声。“祝贺你，汤姆。”亚弗打断道，“我必须承认，我曾质疑过。”

“我也是。”汤姆满意地笑了。

他将飞船沉入到海底深处，释放了气泡。受伤的生物立即沉入海底，戴娜四号紧随其后。

到了海底，气泡开始呈现出表示开心的琥珀色——“皮肤”在明显地自动封闭。这时，较小的气泡游了出来，也散发清晰的琥珀光。

“对了，汤姆，为什么大气泡在珊瑚礁上不能自动修复呢？”亚弗打断道，“我猜这种材料并不是牢不可破。”

“未必。”汤姆回答道，“我想变弱的高频声音暗示大气泡受到惊吓。”

汤姆记得琥珀色代表开心，于是戴上他的巨型耳听着。一片混乱的吱吱声和尖叫声从耳机里传出来。很显然，气泡对于被救感到很开心。

受到鼓舞后，汤姆再次向它们发射几何数字信号。这些生物立即围住戴娜四号，疯狂地发出超声波噪音作为回应。

“天哪！都能把人的耳膜震破！”乔喃喃地说道。他正和其他船员一起走进通讯控制中心。

汤姆专心地听着，尽可能快速记下信息，然后查阅他的《星际词典》。最后他转向了其他人。

“它们确实在那个深洞里发现了巴德。”他说道，“好像是大气泡吞食了他、微型实验室和一切，‘吃’了他的压舱铁块，把他和托马塞特外壳一起扔到海面上了。”

亚弗大声喊道：“这就意味着巴德可能还活着！为什么第一次你问这个大气泡的时候，它不告诉你？”

“那时候它没有收到信息。”汤姆解释道，“大气泡以为我们巡航是为了阻止它和其他气泡搜集锰结核矿。但你们听！它们要主动带我们去找巴德，说是他的舱体仍在散发绿光信号，它们就是用这个来找到彼此所在的位置的。”

“但出发前，我想问它们巴德有没有受伤。”汤姆说完，又去翻看他的《星际词典》。

利用长声波做了简短的交流后，汤姆摇了摇头。“它们不知道。”他说道，“算了，至少现在还有希望。我们准备出发。”

所有的较小气泡游回了大气泡里。每个船员都戴上了巨型眼，戴娜四号跟着它的新伙伴穿越这片深海。

在途中，汤姆不断用超声波与气泡通过几何公式进行交流。渐渐地，许多关于这些生物的秘密都解开了。

他了解到，它们来自未被发现的星球上的海底生物，那里大部分都是水——或更确切地说，是电解质。大多数元素都这样溶解了，但一些——特别是气泡大量需求的锰元素——已经用光了。很明显，它们来到地球已经寻找一段时间了。

“如我们所料，气泡的电化学核心或‘大脑’有理解力。”汤姆告诉听得入迷的科学家们，“而且它们既可以吸收所吞食的东西——也就是‘吃’——也可以保护它的安全。它们吃了巴德的压舱铁块，但它们之所以不动巴德是因为他的‘壳’让它们产生奇怪的不良化学反应！”

乔狂笑起来，说道：“我就说过巴德不好对付。总之，那是什么食物呢？是化学物质！为什么呢？那就像是在一直喝酒！”

所有人咧嘴笑起来，本·道奇补充道：“巴德的‘壳’让外星生物感到胃痛！”

“对。”汤姆笑道，“巴德也很幸运。是微型实验室的托马塞特船体击退了它们，救了他！大气泡给了我们大量信息，

我猜我得告诉一些有关我们的信息。”

汤姆返回继续翻他的密码书，恢复与外星生物的“对话”。但他被乔的一声大叫打断了。

“呀！你们看到那个了吗！”他睁大眼睛说道。

汤姆匆匆瞥了一眼舱外作为回应。离大气泡几米远处有一条巨大的食人鲨。汤姆立即编码，向绿色大球发送警告信号：

危险，鲨鱼在你后方，慢慢沉到船下，可得救。

但太空生物并没有移动。它吓傻了吗？它会怎样逃过锋利的牙齿？

烟灰色大鱼游向气泡时，乔蒙住了自己的眼睛。汤姆紧紧盯着眼前的景象。

他深吸了口气，然后毫无预兆地爆发出一阵狂笑。“套用你的话，乔，”他说道，推了下他的同伴，“你看到了吗！”

鲸鱼的血盆大口咬上绿泡的皮肤，然后被反弹出去，让它身体立了起来。

“现在我都看到了，”乔眨着眼睛道，“没有比让它夹着尾巴，应该说夹着针尾，逃走更有意思的了！”

汤姆刚要表示同意就听到一阵报警信号。一个不明光点出现在声呐屏上。

“又有麻烦了？”汤姆担心地想。

不管是什么，光点现在还很远，无法识别，但他注意到它正在快速靠近。

汤姆迅速戴上他的巨型眼护目镜，利用光学观察器观察。他最担心的事发生了——C国潜艇圆锥正飞速靠近戴娜四号。

一阵刺耳的鼻音从打开的声呐通讯接收器里传出来。“我是圆锥的指挥官。”那边用带有浓重口音的语言说道，“我们要摧毁你们。我们有一件新型秘密武器，你们逃不掉了！现在就让你们见识见识！”

一团巨大的火焰从圆锥向戴娜四号发射过来！电光闪烁间，汤姆操控戴娜四号逃脱了可怕的火焰。

同时，他激活了飞船的章鱼墨水屏。一片黑色的流体浓雾包围了戴娜四号和逃跑的路线。

“可恶的疯子！”他们逃脱敌人的潜水艇后，乔怒声喊道。

汤姆点头同意，“我们很幸运。那个不知天高地厚的潜水艇指挥官说得对，我们对付不了它。我一定要想出能够与之抗衡的武器，毕竟我们不会永远这么幸运。”

“哎，我们的气泡朋友怎么样了？”亚弗问道。

“我也想知道。”汤姆说道，“没有他们，我们找到巴德的可能性微乎其微。”

在几千米远处，亚弗的问题得到了解答。那个巨大的气泡在海底惊恐地缩成一团，变成白色。汤姆现在已经能很熟练地使用他的几何代码和超声波通讯器，于是快速向那个生物解释圆锥也是他的敌人。

“你们帮我们继续找巴德可以吗？”他请求道，“如果靠近我的飞船，我就能用章鱼墨水屏保护你们。”

这群奇怪的生物同意了，接着气泡和戴娜四号几乎一前一后地继续寻找巴德。

乔离开去了厨房，不久，他又端着晚餐来到通讯控制中心。汤姆向他道谢，但表示不饿。

乔理解他的心情，说：“你和我一样很担心你的好朋友，是吗？”

汤姆说：“是的，乔。我们现在就要去找他。”

最后大气泡浮出海面，戴娜四号也跟它一起浮了上来。夜幕已经降临，但皎洁的月光照亮了海面，海面风平浪静。不远处是一座陡峭的火山岛，上面长着棕榈树。岛的顶部是平的，那就是火山口。沙滩和暗礁都是珊瑚和火山岩。

此外，他们还看到其他东西。托马塞特的碎片在海岸上闪闪发光！

可怕的想法盘旋在汤姆的脑海中。显然，这些是巴德乘坐的微型实验室的碎片。他被淹死了吗？还是他在岛上的什么地方？

“只有到岛上去才知道。”汤姆告诉自己。

他向大气泡表示感谢，告诉它如果没有它的帮助，他们不曾想过会走这么远来找。然后大气泡沉入海底，大概回到锰矿场了。

汤姆尽管急切地想要上岸，但他仍意识到要小心行事。小岛和暗礁都很危险。戴娜四号绕小岛转了一圈，完全没有找到进入这块危险的暗礁的突破口。

“现在怎么办？”他们返回到原来靠近托马塞特碎片的位置时汉克·斯特林问道。每个人的心中都盘旋着同样的问题。

这时，一直戴着巨型眼在海面下搜寻的汤姆突然大喊一声：“我在暗礁上看到一条窄道！不用把戴娜开进去。我们很容易就可以游进去。汉克、亚弗——我们试试。”

“算上我。”乔坚持道。

他们四个穿上潜水装备，走出舱口进入海中。汤姆的面具里面是一台小型半导体无线通信设备，用来与戴娜四号保持联络。

汤姆和他的朋友们小心翼翼地通过窄道来到海滩上，他们分不同的方向开始在岛上搜寻巴德。

汤姆刚要向火山口走去，突然听到从附近的树林里传出来一声虚弱的声音，好像是在呻吟。他蹑手蹑脚地在灌木丛里匍匐前行。

“巴德！”汤姆飞奔到他的朋友旁边。

树丛中躺着他的朋友，处于半昏迷中，但仍然活着！

“嗯？什么？”巴德呻吟道。

很明显他快要昏迷了，但仍坚持说：“鱼头人！我被——鱼头人——攻击了！当——心！”

第十三章 可疑访客

“鱼头人！巴德状态真的很糟！”汤姆想道。“巴德，”他大声说，“我是汤姆。你不认识我了吗，老朋友？”

巴德又饿又累，非常虚弱，他断断续续地喃喃说道：“我当然认识你，汤姆。但你要小心鱼头人。我……”

他陷入了昏迷中。

汤姆利用无线对讲机快速地联络了戴娜四号生物实验室。“本，”收到科学家的回复后，他说道，“我已经找到巴德，但他很虚弱，我想他可能受伤了。赶紧联系企业集团，让他们送架公司的喷气式飞机到岛上来。我不敢冒险把巴德带到戴娜上去。”

同时，汉克、亚弗和乔都返回了，他们没有发现任何人。汤姆告诉他们巴德的有关鱼头人的奇怪幻觉，以及他打算利用公司的飞机把巴德送到医院里。

汤姆说：“同时，我们最好点燃篝火，临时在沙滩上搭顶帐篷等飞机过来。”

他们将巴德移到沙滩上，开始熬夜等待飞机。尽管热带地区的月光很明亮，但汤姆仍感到不安。他听见过沙滩后边的棕榈林里发出沙沙的声音，跑去查看却没有发现任何东西。

“我总有些担心，这里不只有我们。”汤姆不安地说。

“我也是。”亚弗回答，“但我找不到原因，如果岛上有敌人的话，可他们怎么没有来抓我们。”

“也许他们被气泡攻击后，害怕了。”汤姆推测道。

“而且他们认为气泡与我们关系很好。”亚弗补充道。

不管怎么想，他们还是风平浪静地度过了这个夜晚。接近午夜的时候，飞机出现了，他们四个匆匆点燃了之前准备好的导向火。大飞机顺利地在广阔的海滩上降落。

“小心点儿。”他们把巴德抬到飞机上时汤姆小心提醒，然后转向亚弗说道，“乔和我会跟着去。我走后由你和汉克控制戴娜四号，我们很快就会回来。”

他和乔要离开的时候，汤姆对汉克说道：“我想乔走后你们不会挨饿吧？”

汉克咧开嘴笑着说：“不知道他回来时厨房会变成什么样。但至少我们不会吃任何他最近做的那些章鱼还有海藻特餐。”

“哦，真是这样吗？”乔说道，假装自尊受伤。

“快点儿！出发了！”汤姆催促厨师，“等我们回来给他们带来一些新菜的时候，他们会感激你的。”他又对汉克和亚弗补充道：“我们会尽快与你们在马里亚纳海沟基地会合。”

第二天一大早，大喷气式飞机抵达肖普顿。尽管汤姆没有休息好，还是坚持陪着巴德到医院等待诊断。

“他的头部被击，又没有及时包扎，”医生告诉汤姆，“但等他休息治疗一会儿就没事儿了。这期间你也许可以稍微休息一下。”

“我已经感觉好多了，医生。”汤姆说道，脸上露出释然的表情。

巴德在医生那里治疗时，汤姆来到他爸爸的办公室。

“嘿，汤姆，”汤姆走进去时斯威夫特先生高兴地喊道，“我知道你要把巴德带回来，但没想到你已经到了。巴德怎么样？”

汤姆答道：“他休息一段时间就没事儿了，爸爸。我们直接去了医院。不过，我们在太平洋过得并不顺利。”

汤姆向老斯威夫特简单叙述了寻找巴德的细节，以及他们遇到圆锥和敌方的新型秘密武器。

汤姆说：“爸爸，我们必须发明一种防御武器来抵挡C国人的新型高强度喷火机。我们组织一个科学团队来对斥力束做一些改造吧。”

斯威夫特先生说："好主意，儿子。我们今天就开始。"

这时，接待员说有人来访。接着，访客被领了进来。

"汤姆，这位是维克多·多尔博士，"斯威夫特先生说道，起身跟这位帅气的男士打招呼，"博士，这是我儿子汤姆。多尔博士是南方大学海洋学教授。"他向这位来访者问道："您这次来访所为何事？"

这个人似乎不知从何说起，他说："我这次拜访主要是为了巴德巴克利的事情，今天早上，我医院的朋友告诉了我巴德·巴克利在奇怪的太平洋岛上的不幸遭遇。"

这段话引起了汤姆的兴趣。

"不久前，"教授继续道，"我独自坐着小船去了南太平洋。在火山岛的浅滩上，我看到鱼头人在水里四处走动。"

"什么！"两个斯威夫特同时大喊出来。

"这是真的。"多尔博士继续说道，"我仔细查看了一下，发现他们似乎是一群进化的鱼鳃，可以生活在水里。但我不敢说出来，因为我自己都不敢相信。首先，我拿不出任何相关图片。你可以想象，对于某些没有证据的言论，科学界会有什么反应！"

汤姆笑着说："是的，完全可以想象！"

"总之，我想可能你的朋友看到了鱼人。"教授说道，"如果你回去了，一定要做一些研究，尽量得到一些图片。"

“我不确定。”汤姆犹豫地回答道，“我们会回到太平洋，但我们是要到马里亚纳海沟附近的基地。我们那边还有很多工作。到时候，我看能不能找时间到火山岛那边去一趟。”

多尔博士离开后，汤姆对他的爸爸一语双关道：“他的故事听起来有很多可疑之处。”两人苦笑。

“我想我们要查证一下。”汤姆继续道，“这也太巧了，教授竟然出现在这儿，而且巴德被送进医院时恰好他有个朋友在那儿。”

汤姆接通了一个长途电话，跟南方大学校长聊了几句。挂断电话时，年轻的发明家看起来很困惑。

汤姆说：“那边还真有个多尔教授，几年前也真的去过南太平洋——他现在正在东海岸访问。鱼人的故事对我来说，听起来确实像个圈套，但教授的叙述又确实解释了巴德在岛上的胡话。”

汤姆耸了耸肩，说道：“我想我们最好不要完全相信教授的话，再到火山岛上做进一步查证。”

洗完澡吃过早饭后，汤姆大部分时间都待在实验室里。等到下午，他带着桑迪和菲利斯来到医院看望巴德。他看起来好多了。

“嗨，朋友！”汤姆说道，“你又恢复本性了。看起来这种舒适的生活你过得不错。”

“当然。”巴德大笑道，“但我会养成习惯的。嗨，女孩们！大家请坐。”

四个人开了会儿玩笑后，汤姆说道：“不要过得太舒服了，巴德。我们还要回去完成戴娜项目。但现在，告诉我你到底发生了什么事？”

巴德开始讲道：“气泡开始吞食微型实验室的时候把我从深洞里举起来。我的头撞到一边，然后昏过去了。接下来我所知道的就是，我在大风暴的表面——仍在微型实验室里。”

“那小家伙救了你的命，巴德。”汤姆说道，跟他讲述了他与大气泡的交流。

菲利斯插进来说道：“你们到底在说什么？‘你跟大气泡交流’？还有‘一个气泡吞食实验室’？你疯了吗？”

两个男孩大笑，然后汤姆说道：“我忘了你们两个女孩不知道我们的大气泡朋友。”

他向她们描述了怎样发现了来自太空的不可思议的生物。

汤姆问：“但说回到巴德身上去。你怎么到达火山岛的？”

巴德说：“我不知道，汤姆。微型实验室撞到暗礁上时，我又昏迷了。我一定是被风暴卷到海岸的。总之，很幸运我没有死。等我再恢复意识的时候就被鱼头人包围了。”

“鱼头人！”桑迪几乎大喊出来，“噢，不会吧！这个故事越来越疯狂了。”

“尽管笑吧。”巴德微笑道：“我知道听起来很疯狂，但这是事实！当我要挣扎着坐起来时，他们其中一个敲了我的头，把我打昏了。之后我就记不得太多了。”

“好了，我现在比在岛上时更愿意相信巴德的故事。”汤姆说道。

他告诉女孩们和巴德有关多尔博士的来访。其他人都很震惊，一致同意教授说的鱼人故事听起来太可疑。这时，一名护士进来告诉他们探病时间结束了。

“照顾好自己，巴德。”汤姆劝告道，“医生说你大概一天左右就能起来走动了。”

汤姆带着桑迪和菲利斯回到肖普顿吃晚饭。度过了一个愉快的夜晚，斯威夫特将菲利斯送回去然后回家了。

他们的妈妈半喜半忧。“汤姆！桑迪！”她大声喊道，“你们的爸爸到现在还没回来。我也打不通他办公室电话！”

这时，他们家自动报警器发出响亮的嗡嗡声。有人闯进大院！汤姆来到前门厅时，看到一个暗影飞速奔向灌木丛。汤姆迅速跟上他，桑迪跟在后面。

但闯入者消失了。他是逃走了还是躲起来了？斯威夫特家的两个孩子四处搜寻大院，检查了所有可能藏身的地方。

汤姆打破了沉默，说道：“桑迪，你猜那家伙会去哪儿？”

没有人回答他。汤姆回过身，月光映在地面上的是两个打斗的身影。

“桑迪！”汤姆掠过草地，大声呼喊，让那人放了他的妹妹。但桑迪被困在两只结实的胳膊中，突然，那人把她甩到地上。汤姆还没来得及抓住他，攻击者就已经逃跑了。

当它的哥哥抱住她安慰的时候，桑迪的眼泪顺着脸颊流下来。“噢，汤姆，你要没来的话——”她哽咽道。

斯威夫特夫人听到动静后，冲到她的女儿旁边抱住她。汤姆在前门厅捡到一张折起来的纸，不安地打开，看到里面的信息：

老汤姆·斯威夫特已被绑架！

第十四章 汤姆的圈套

汤姆惊呆了，他的爸爸被绑架了！

“一定发生了什么事！但到底怎么回事儿？”汤姆一边进屋一边自语道。

“警报怎么响了？”他的妈妈问道。

尽管汤姆很不愿意告诉她真相，但还是把便条递给她。斯威夫特夫人和桑迪惊呆了。

“太可怕了！”桑迪惊呼道。

留在门厅的便条没有给出任何指示，也没有说什么时候，如何再次联系斯威夫特家。汤姆完全不知所措。

然而，他还是努力安慰他的妈妈和妹妹，尽可能平息自己和她们的恐惧。汤姆迅速提醒企业集团的安全部门，然后通知了调查局。

汤姆没有更多的事情可做，跟他的妈妈和妹妹渐渐安静下来，焦急地在斯威夫特家里等待。

一个小时后，电话铃声响了。正处于绝望中的斯威夫特夫人和桑迪跳了起来，汤姆跑去接通了电话。

一阵粗哑的声音从电话那头传了出来：“如果你想救你爸爸的命，你就得向我们投降——还要带上戴娜四号。所以你得马上把它从太平洋带回来，几天后我会再给你进一步指示。”

汤姆说不出话来。他的敌人绑架了斯威夫特先生！现在他们想要他和戴娜四号！

“此外，”那个人补充道，似乎犹豫了一下，“我们也已经拿到了药瓶，把它保管在一个你去不了的岛上。我们那边的科学家会想办法复制并引爆爆炸物。所以，汤姆·斯威夫特，你的一切努力都白费了！”接着，电话“啪”的一声断了。

汤姆挂断电话后在想他的敌人是不是只是在危言耸听，他说的“我们”又是谁？C国人吗？爸爸和药瓶真的都在他们手里吗？或者这只是个圈套，想让他放弃继续寻找鲸鱼？

另一个想法又出现在汤姆的脑海里：“如果他们真的有药瓶，那个‘去不了的岛’会不会是火山岛？”

汤姆突然想到一个办法。与其将真正的戴娜四号交出去，他会把他的“戴娜”模型交给他们！模型与真正的戴娜四号一模一样，只不过模型没有动力、武器和仪器。他会做好充分准备，让模型完全骗过敌人。

“现在只能等了。”汤姆想，开始用大部分时间来谋划他的策略。

显然，斯威夫特家的敌人决定给他们两天的时间，让他们将戴娜四号从马里亚纳海沟太平洋基地带回来。然而，汤姆并没有下令让它返回，而是指示正在通讯控制中心的本·道奇将戴娜四号停在圆锥的监视器声呐范围之外的安全地带。

两天后，敌人的指示来了。“今晚你将戴娜四号带到纽芬兰岛沿岸的旧码头。”电话那边还是那个声音粗哑的人，“我会给你准确坐标。”他将坐标说了出来，汤姆仔细地将它记下来。

那人说：“你必须一个人来，否则我们就不会放了你爸爸！记住，不准耍花招。”

过去两天，汤姆一直在给戴娜模型安装电力系统。它可以在里面人工控制，也可以通过汤姆的铅笔信号发射器发射无线信号来控制。它给舱体提供了前进的动力，同时也可以打开或关闭模型的舱口。

一帮严格挑选的船员把戴娜模型装到蓝天女王前往纽芬兰岛。汤姆和模型会被送到离指定地点不远的海上。巡视海面之后，一群安保人员和调查局人员会降落到几米远的陆地上。他们认为C国人会试图绑架汤姆，并尽可能阻止这件事发生。

离指定地点三米处，蓝天女王将戴娜模型降落到海面上

（汤姆就在模型里面），然后去执行剩下的任务。

“好了，要开始了！”汤姆想。

他在水下将飞船开到旧码头，然后小心谨慎地靠近木桩，将模型浮出水面。

透过观察孔，他能察看到码头上的动静，有五个人进入了他的视线范围内。

“他们打算等我从戴娜出去就抓住我！”他自语道，“我就要这样骗过他们。”

汤姆从模型下面的舱口悄悄地溜出去，小心谨慎地不发出声音。他在水下面藏好，沿着岸边从码头游出了几米远。最后他浮出水面，出现在岩石海滩上。

一阵微弱但很清晰的无线信号震动声音从他的铅笔信号接收装置里传出来。

“是从爸爸的铅笔信号发射装置里传出来的信号！”汤姆兴奋地想道，“我一定正在靠近他！”

一路沿着信号寻找源头，汤姆很快意识到，信号是从码头后面的一个废弃的仓库里传出来的。他极尽小心地溜向那栋摇摇欲坠的建筑。

仓库里面传来低语声。为了听清里面的对话，汤姆迅速移向旁边的一个窗户，窗户上的玻璃大部分都已破碎，但声音还是很模糊。汤姆把玻璃窗推上去，尽可能不发出声音，然后从窗口爬了进去。

“噢！”他低呼道。

角落里，他的父亲被绑在一把椅子上，嘴也被堵住了！

汤姆和老斯威夫特一阵狂喜。他的儿子迅速给他松绑，两个人慢慢靠近汤姆刚刚爬进来时的那扇窗户。

但他们并没有跑多远。一阵警铃声阻断了他们的去路，C国人正在靠近他们。

“看来我们要背水一战了，汤姆。”他的爸爸冷哼道。

“我们来个老式的左右夹击，爸爸。”汤姆咧开嘴笑道，“我们有两个人，但是别忘了——他们也只有六个人！”

“要的就是这种精神，儿子。”斯威夫特先生说道。这时，警铃声越来越近了。

在聚光灯散发出的诡异的光线中，斯威夫特父子在激烈地战斗。但由于力量相差悬殊，父子俩的力气很快耗尽了。

接着门被撞开了，几个人冲了进来。来人是调查局的特工和哈伦·艾姆斯的安全警卫！

在接下来的混乱中，汤姆发现他的爸爸已经不在他的旁边。他四处寻找，发现他的爸爸正被一个魁梧大汉用枪顶着押出了门。很显然，那是C国的首领。

“住手！”汤姆大声喊道。

他不顾枪炮的危险迅速冲出门口，使出全身力气击向那个魁梧的C国人。斯威夫特先生被放开了。

“跑！”汤姆大喊。

他和绑架人在地上扭打了一会儿，绑架人突然挣脱，拼命地向码头跑去。汤姆紧随其后，直到那个人跳进戴娜模型打开的舱口。

“汤姆！”他的爸爸大声喊道，“我们不能让他开着戴娜逃走！”

“别担心，爸爸。”汤姆笑道，“那只是个模型，你看。”

汤姆迅速拿出他的铅笔信号发射装置，快速调节信号频率，向飞船发送信号。一瞬间，两个舱口都锁上了，船上的所有电源也都切断了，戴娜变成了一座水上监狱。C国首领被困在了他原想借以逃脱的工具里面！

斯威夫特先生轻声笑道：“真聪明，汤姆。我早该想到你会这么做。”

“快点儿！”汤姆催促道，“我们最好去看看哈伦·艾姆斯和调查局的特工们把那群暴徒怎么样了。”

返回到仓库时，C国壮汉们已经被制服了。他们愤恨地看着围困他们的人。

“干得好，哈伦，”斯威夫特先生跟着汤姆走进来的时候说道，“你们干得真漂亮。”

调查局联系到最近的警察局，很快，警车开来把C国人送到当地监狱等待审判。戴娜模型被再次装上蓝天女王。

“现在要是我们可以抓捕到太平洋那边的那帮家伙。”汤姆说道，“我们就可以在马里亚纳海沟毫无干扰地继续工作了。”这时，斯威夫特派遣队乘着飞行实验室出发了。

斯威夫特先生笑着说道：“我确定你会不断受到干扰。那是一帮残酷无情的家伙。”

汤姆点头同意道：“我希望他们还没有抓住鲸鱼，拿走政府机密的爆炸物药瓶。”

“我确定他们还没有。”他的爸爸说道，“如果他们已经找到的话，就没有必要抓住我，又试图绑架你了。”

第二天晚上，汤姆和桑迪举办了一座聚会，庆祝爸爸安全回来。巴德已经完全恢复了，又变得精神起来，晚宴上他第一个敬酒。听到他欢快的声音，乔从厨房里跑了出来。

“额——打扰一下，各位，斯威夫特先生。”他慢吞吞地说，“我只是想说，巴德刚才说的话也算我一份。”他一把抓起头上牧场风格的厨师帽，放到了心口。

斯威夫特先生清了清嗓子，抑制住想笑的冲动。他还没来得及说谢谢，乔戴回了帽子，咕哝地说了什么，然后冲出了房间。

“他现在干吗去了？”巴德问道，“希望他千万不要又端出什么海洋特餐。”

桑迪嗅到了一股饭菜诱人的香味，说道：“你错了，闻起来很棒。”

很快，乔端着一大盘食物又出现了。他的双下巴下面是一款新式深海大餐，他将其称之为“玻璃下的海洋野鸡”。

“乔，你真该为自己骄傲，”斯威夫特先生一边吃一边温和地说道，“你的海洋特餐真的很好吃。你管它叫‘海洋野鸡’？听起来不像是我知道的任何鱼。它到底是什么东西？”

乔似乎有些犹豫地揭开真相。“啊，”他说道，“没关系，我应该告诉你。但它真的是鱼，叫鼠尾鳕鱼。”

汤姆、巴德和斯威夫特先生爆发出一阵欢快的笑声，淹没了桑迪和菲利斯的抱怨声和其他客人惊恐的抽气声。

欢快的笑声还没消失，汤姆向大家表示抱歉，并去接电话。原来是斯威夫特企业集团通讯中心打来的紧急电话。

“我们收到戴娜四号发来的求救信号！”那边传来一个惊人的消息。

第十五章 被困的实验室

“那边还有什么消息？”汤姆问道。

“您最好过来。”话务员回答道。

汤姆告诉其他人他要过去一趟，然后他和巴德奔向通讯中心。

“我们只收到了求救信号。”话务员告知他，“之后就没有得到任何消息。”

汤姆尝试着获得更多戴娜四号的信号，但结果却是徒劳。

“真不走运。”他最后宣布道，“无线信号受到干扰。”

“只有可能是C国人干的！”巴德惊叫道。

汤姆表示同意，说：“我们要马上回到戴娜那边。我最好看看我的新型斥力火焰装置现在的进度。”

实验室里，一支研究团队正在加班完成斥力火焰装置的对抗装置。汤姆这项最新发明足以帮助戴娜四号抵抗C国人的潜水艇圆锥和它的水下喷火装置的任何攻击。

“进度怎么样？”汤姆和巴德匆匆进来后焦急地问道。

“很好，汤姆。”总工程师说道，“我们正在最后试行火焰的检查器。”

“必须要再测一遍吗？”汤姆回答道，“我们收到戴娜的求救信号，我们不能再等下去了！”

工程师犹豫了一会儿接着说道：“但是，我们不能让灾难再次发生。不管怎样，我不希望斥力火焰装置给你带来麻烦。”

“我理解，但测试需要多久？”汤姆问道，一边看着工作人员配备装置。

有一个人靠在安全控制板附近。他转移了倾轧角度，一瞬间，一道火焰沿着墙曲折而过，然后缠绕住他的胳膊！

他倒在地上滚来滚去，试图熄灭火焰。此时实验室里充满了惊恐的呼喊声。一个工人跑到控制面板处，关掉了火焰喷射器。汤姆进行急救，巴德则紧急联系团队。几秒后，一辆救护车快速带着伤员去了大楼里的医院。

“嚯！真是惊险。汤姆，要不然，你和我可能就得尝尝火焰的滋味了。”巴德打断道。

“现在你们知道为什么我们要万分小心了吧。”工程师对他们说，“刚刚那个人意外触碰开关的时候，检查器的电线没有全部连接。”

不久，检查器的电线完全连接上了，工程师向汤姆保证不会出现问题。“好了，机长，你现在可以拿起——我的意思是——拿走！”

“我想我们可以信任他。”巴德开玩笑道。

“祝你们一如既往地好运！”工程师微笑着说道。

“动作真快，同事们。”汤姆微笑着说道，“多谢。”

不到一个小时，汤姆、巴德和乔带着斥力火焰装置原型登上了一架由公司飞行员驾驶的超音速飞机。他们向西方飞行的时候，汤姆一直试着用飞机上的无线通信设备重新联系上戴娜四号。

他突然抬起头，脸上露出胜利的神色。“联系上他们了！”他大声喊道。

“亚弗，我是汤姆。”他对着扩音器讲道，“我们在返回的途中。出了什么事儿？”

尽管音量一会儿高一会儿低，但亚弗的声音还是断断续续地从接收器里传出来：“化学实验室掉下去了，我们救不回来。断了电，所有实验室都失去了电磁吸引力掉了下去。我们发现了问题，已经替换了几个零件。三个实验室依靠自身的电力返回，已经重新连接上，但化学实验室完全短路了，掉进了两块巨大岩石中间的深渊中，我们拉不出来。”

“更糟糕的是，”亚弗继续说道，“化学实验室是舱口朝下被卡住的，离海面很近。唐·科里和伯特·汉德森逃不出来！”

此时这架高速飞机正接近太平洋的援救地点。汤姆、巴德和乔巡视海面，四处寻找戴娜四号的身影。

“它在那儿！”巴德大喊道，指着下面波光粼粼的海面上的一个小点。

飞行员熟练地将这架水陆两用飞机降到海平面上。亚弗·汉森将蛋和三个实验室靠近飞机。

几位来人下了飞机，将他们带来的食物和应急设备运下来，然后向飞行员挥手告别。

这架大飞机刚启程返回肖普顿，戴娜四号则迅速向被困的化学实验室降下去。

“我们在肖普顿收到你的求救信号，”汤姆对亚弗说，“之后我们就联系不上你们了。发生了什么事儿？我感觉信号好像被干扰了。”

“是的！”亚弗回答道，“C国人——圆锥，我猜——在我们开始发送的时候就干扰我们的信号。”

汤姆表情严肃地说：“那意味着他们也发现出问题了！不管怎样，我们最好快点儿把实验室拉出来。我们对抗C国新型武器的装备已经准备好了，但还需要时间安装。当然，首先要做的就是援救唐和伯特。”

实验室确实紧紧地卡在那里，很难移动。

“我理解你的意思，亚弗。”汤姆说道，“这项工作很难。首先，我们试试我之前用来处理大型岩石样品的大钳子，它们放在地质实验室里。”

他们将大钳子固定到蛋下面的操作装置上，汤姆可以在戴娜四号里面通过远程控制操作大钳子，利用飞船的电力来移动它们。

汤姆将飞船直接盘旋在被困实验室的上面，小心翼翼地操控钳子直到它们抓住了化学实验室的外壳。然而，他先慢慢地将飞船向上拉，在此过程中他一直增大电力。渐渐地，飞船开始从岩石夹缝中升起来。

“你好像成功了，汤姆。”巴德兴奋地说。

接着，令汤姆惊恐的是，化学实验室从大钳子上滑落了下来，再次落到了岩石缝里！

“天哪！”汤姆惊呼道。

现在实验室的舱口和进气口不仅仅是朝下的问题，它们被下面缓缓流动的海水堵住了。“戴娜”里的全体人员异口同声地叹息。

汤姆因为失败感到沮丧，但并没有持续太久。他将大钳子再次固定到突出的外壳上，试图将实验室拉上来。然而，这次

它却纹丝不动。

飞船不仅比之前卡得更紧了，而且厚厚的细软泥在它的底部形成了一股吸力。

“噢，太厉害了！”巴德说道。

汤姆却不开心。

“现在我真的解决不了问题了。”他喃喃说道，“显然我们用钳子不可能把化学实验室拉出来。”然后，他补充道：“我必须想出更好的办法。”

汤姆仔细翻找戴娜四号的材料库房，努力想办法解救被困的人。这时，汉克·斯特林走了进来。

“汤姆，”他说道，“我们已经设法替换对讲机联系到唐和伯特了。他们现在快疯啦。

他们的氧气正在渐渐消失，如果要救他们，我们现在就得去！”

苦恼浮现在汤姆的脸上。“告诉他们坚持住，汉克，”他说道，“我已经有了计划，很快就会去救他们。”

他在蛋的机器商店忙了几分钟，然后决定去看看被困人的状况，于是匆匆赶到通讯控制中心。

“他们怎么样了？”汤姆走进时问汉克。

“没有回复，汤姆。我担心——”

“保持联系，汉克。我猜他们的传送装置应该出问题了。”

“你也许是对的，但我不知道怎么证实这个问题。”汉克说道。

巴德打开化学实验室和蛋连接的控制开关盒，试着联系唐和伯特。

“有静电。”巴德观察道，“但有什么东西堵住了他们的装置。”

“不管怎样，一直发送信息，汉克。”汤姆打断道，“至少我们能让他们知道我们这边是什么情况，希望他们能听见。我会将蛋降到岩石旁，然后我们将我刚刚草草做成的管状装置连接到戴娜喷嘴上的一个出口，然后将它滑到化学实验室前端。”

“我明白了。”汉克说道，“如果我们将另一端插进细软泥，就可以通过爆炸冲击力把实验室救出来。”

“差不多。”汤姆回答道，“所以我们最好让他们准备好承受强大的冲击力。”汉克点头同意。

汤姆去接手控制装置，告诉剩下的人他将要做什么。

“听起来不错，汤姆。”亚弗·汉森打断道，“这次应该没问题。”

他正开始将必需的管子固定到蛋的喷嘴上，一阵静电干扰声突然通过对讲机从化学实验室里传出来。突然，一个粗哑破碎的声音说道："快点！救命！没剩下——多少——氧气了！"

第十六章 魔鬼鱼的威慑

汤姆争分夺秒地将管子伸到岩石墙壁中间，一直深入到化学实验室的前端下面的细软泥中。汤姆开启电源时，全员都屏住了呼吸。

飞机努力搅动黏黏的细软泥时发出低沉的轰鸣声。随之而来的泥浆喷发和释放气体带来的巨大冲击力将飞船冲击到海面上，缓缓地落回之前卡在高耸的岩石旁。

蛋上传来一阵欢呼声。“耶！”乔打断道，“太好了！自从上次回来之后，我好久没有看到这么令人兴奋的场面了！”

“干得好，汤姆。”汉克和亚弗一起向他祝贺，“你的办法真棒。”

“我们的工作还没有完成，”他提醒道，“实验室的空气过滤系统现在可能还不能正常工作。快点儿，我们赶紧把唐和伯特救出来！”

汤姆和巴德匆匆穿上自己的胖人服，然后带着另外两件急忙赶到粘满泥浆但并未受损的化学实验室那里。两个男孩在实验室里看到科学家们瘫倒在甲板上，处于半昏迷状态。

唐和伯特一穿上胖人服就深呼吸起来，清新的氧气很快让他们恢复过来。等到他们可以继续航行的时候，四个人从舱口出来，返回到蛋上，在那里，他们受到热情的问候。

汤姆从他的胖人服里爬出来时说道：“我们还有重要工作要做，伙伴们。我们尽快清洁化学实验室后将它用电磁力与支柱连接起来。我们必须安装斥力火焰装置。”

伯特问道：“它们到底有什么用？”

“我利用了斥力原理，蛋尾段里的装置会通过船体外壳上的旋转喷嘴释放泡沫，在蛋和实验室的表层形成保护膜，防止C国人用他们的喷火武器攻击我们。蛋前段会发送斥力装置波束来抵抗火焰攻击。我们做准备的时候，你和唐好好休息。”

其他人都精力充沛地开始清洁化学实验室。不仅仅是空气过滤系统需要修复，在救援过程中，很多细软泥都被喷进了实验室。

“天哪，太乱了！”巴德咕哝道，又把一桶细软泥拖去垃圾舱。

“说得对。”乔应和道，“我再也不做像泥巴一样的巧克力奶油派了！”

最终，清洁工作完成了，实验室也归位了。汤姆立即开始将精力集中到安装斥力火焰装置了。

“这项工作不容易。”他对巴德、汉克和亚弗说道，“我们必须分组在内外同时工作。”

他们四个人拿着焊割工具开始工作。首先，他们在蛋外壳上安装了旋转喷嘴，然后把两台斥力火焰装置安装到蛋尾部。几个小时后，这项工作终于完成了，大家都很开心。

“我现在觉得安全多了。”巴德说道。

“是啊，我们现在已经准备好抵抗C国人的任何攻击。”唐·科里说道。

饱餐一顿后，汤姆宣布道：“现在向火山岛前进，寻找鱼头人。”

他驾驶戴娜四号前往神秘岛：“如果C国人在那里，我们就能知道他们是否拿到了鲸鱼身上携带的爆炸物药瓶了。”

“我要找到那群鱼头人。”巴德说道，“我想要确定所有的事情并不是幻觉。”

他们在水下航行前往火山岛的途中经过了锰矿场。

“看，巴德！”汤姆指着说，“气泡还在那边搜集矿元素。我们与它们联系一下吧。”

“好啊，它们很友好。”

那群奇怪的生物暂时停止“觅食”，游到了戴娜四号周围回应汤姆的超声波呼唤。

“我们现在要回到你们第一次带我们去的那个岛上。”汤姆告诉它们。大气泡回应他，告诉他要小心。

一段简短的交流过后，气泡们回去继续搜集矿石，“戴娜”则继续在海底前行。没过多久声呐报警器响了。

又收到药瓶的信号啦！

“怎么确定？”过了一会儿巴德说道，“信号有点弱，好像离得很远。信号真的是从鲸鱼身上传来的吗？或者又是C国人模拟的？”

“我们不能确定。”汤姆回答道，“但我困惑的是，如果他们把药瓶放到火山岛上了，又何必模仿信号呢？”

“不管怎样，我们跟着信号走。”巴德催促道，“它的方向来自火山岛。”

戴娜四号继续前行中一直仔细追踪虚弱的信号声。但等它接近火山岛时，超声波声音突然消失了！

“现在怎么办？”汤姆低声抱怨道。

“我们既然到了火山岛，”巴德回道，“那就上岸彻底揭开谜团吧。”

“信号可能是个陷阱。”汤姆提醒道。

“我注意到了。”他的朋友反驳道，“但我们必须抓住这个机会。”

“你说得对，巴德。我们解开谜团的唯一办法就是穿过那片暗礁。”

两个男孩穿上他们的潜水装备，拿着用来交流的声呐电话。汤姆下令让戴娜四号停在暗礁外面。

“绝对不要让救援队进来，”他对控制戴娜四号的亚弗说道，“除非我用无线通信设备通知你。最重要的是，如果可以的话，我希望戴娜随时准备战斗。我们可能需要大量增援，你是我们获得增援的唯一机会。如果二十四小时内没有收到我的消息，你就联系企业集团，让那边派人来援救。”

“海军部呢？”汉克·斯特林问道。

“不。”汤姆回答道，“不要请海军部援助。如果C国人在岛上——我猜他们肯定在——让A国援助过来很可能引发一场国际冲突。事实上，这也许才是C国人想要也正努力得到的结果。”

“我明白了。”

蛋很快地靠到暗礁的入口处，汤姆和巴德溜出舱口，小心翼翼地穿过暗礁中的通道。戴娜四号则一直在暗礁外面，沉到海面下一小段距离，无线信号天线则暴露在海面上方。

两个男孩向岸边前行，穿过了一个奇异的世界。清澈的碧水浅滩里可以看到无数奇怪的生物在珊瑚和沙底上的熔岩中窜来窜去。

汤姆和巴德穿着古怪的潜水装备缓缓前行，但没过多久，巴德抓住汤姆的肩膀，把他拉了回来。

巴德喊道:“停下来！你差点踩住了一条大魔鬼鱼，老朋友！”

那个生物被吓到后，抖掉背上的沙子溜走了。

“这个地方的鱼，”汤姆评价道，“似乎莫名地不安。”

下一刻，两个男孩看到一个有着巨大鱼头的人从熔岩后面出现。很快，他又急忙沉下去了。

“啊！”巴德惊呼道，“鱼头人并不是梦！”

两个男孩儿谨慎地继续前行。令人难以置信的鱼头人又出现了！然后一个接着一个！

汤姆和巴德还没来得及逃，那群长相奇异的人向他们开枪了。两个男孩发现他们中枪时，感到一阵刺痛。接着汤姆和巴德便昏迷过去了。

第十七章 烦人的猴子

汤姆渐渐地恢复了意识，随之记起在暗礁那里发生了什么。他要站起来时发现自己的手脚都被紧紧地捆绑住了。

“我该有多笨啊！”他自我责备道。

他用胳膊支撑住自己，看向了周围。巴德在他的旁边，正在恢复意识。他的手脚也被捆绑住了。两个男孩儿躺在一间小木屋的地板上。

“我猜我们被丢在了火山岛上。”巴德调侃道。

“是啊。”汤姆笑道，“我们在这里肯定表现非常好。否则他们就把我们的嘴堵住了。他们估计我们喊不到朋友来救我们。”

“喊也没用。”巴德叹气道，“那现在你还认为我说鱼头人是因为神志不清吗？”

“不。”汤姆承认道，“可以确定他们是真的，——但只是普通人的圈套。”

“为什么要精心设计这个骗局？”巴德困惑地问道，“又为什么要绑架我们？”

“我不知道。”汤姆耸了耸肩，“但我猜多尔教授就混在里面，他的故事只是为了引我过来并抓住我。”

巴德说道：“那个故事确实有效。我们现在怎么脱身？”

汤姆环顾了一下这个小木屋，看到一面镜子低低地挂在远处一面风吹日晒的墙上。

“我有个办法。”他一边努力地移向那面墙一边回答道，“希望没有人在外面守着。”

他努力用他被捆住的双脚踢那面墙，直到镜子掉了下来。镜子掉到地面上时，汤姆僵住了，希望没有敌人听到碰撞声。发现没有人进来查看动静时，他把一片锋利的镜片移到手指间，催促巴德挪到他的旁边。

“我紧紧拿着它的时候，你使劲用它把你手腕上的绳子磨断。”他说道。

使尽全力磨了一阵后，巴德手松绑了。他迅速解开脚腕上的绳子，然后给汤姆松绑。在整个过程中，一只猴子一直在旁边入迷地看着。两个男孩站起来时，它开始大声地尖叫。

“嘿，安静！”巴德小声地对猴子怒声道，“你比报警系统和撞碎的镜子都要讨厌。”

“确实！”汤姆同意道，“如果周围有任何鱼头人，它就会把他们引来了，我们最好离开这儿。”

“我同意，小天才。”巴德说。

汤姆建议道：“我们试试找回潜水装备。”把绳子丢到原地，汤姆和巴德溜出了木屋，发现他们在一片浓密的灌木丛的空地上。

“快点儿！”汤姆催促道，“听！”

他们悄悄地穿过空地，从木屋的后窗偷偷看房子里面。房子里面，十二个人坐在一张桌子周围，桌子上放着一堆鱼头面具！

巴德推了汤姆一下，朝房子的角落努了努嘴。他们的潜水装备就躺在地板上。

在屋子里的那帮人中，他们看到伊格纳斯·桑德尔和所谓的维克多·多尔教授。他正在跟桑德尔说话。

“说的我们能听懂。”巴德想道，“我们真幸运。”

从他们的对话中两个男孩得知“教授”刚刚乘着一架C国的飞机到这儿，那架飞机已经起飞前往A国。这时从高空传来一阵嗡嗡的飞机起飞的声音。

“很高兴见到你，福斯特。”桑德尔说道。

“原来‘教授’的真正名字是福斯特。”汤姆说道，“他的英语口音像是A国人。他一定是个为C国效力的A国人！”

福斯特和桑德尔几乎马上开始交换秘密。

“我绑架了真的多尔教授，这样斯威夫特家就不会发现我是假的了。”福斯特说道，“他现在被困在西南海岸的一条船上。别担心，没有人能找到他。那是一片野红树林，而那只船——马林B.——跟普通的渔船一样。”

“按照原计划。”福斯特继续道，“我将故事讲给老斯威夫特听，他肯定会转达他的儿子。这样，他儿子就会调查鱼头人的事，然后被我们抓住。可事实上，小的恰好因为他的朋友受伤在家。”

“但我想知道的是，”福斯特愤怒地说，“为什么在我辛辛苦苦地制造鱼头人圈套之后，你们的人就绑架了斯威夫特先生！”

“冷静，福斯特！”桑德尔安抚道，“不用生气，C国政府内部一部分人更想先试试绑架计划。等失败后，他们又会继续鱼头人陷阱。顺便告诉你，福斯特，如你所知，我们没有拿到药瓶。我们告诉小斯威夫特我们得到了药瓶来进一步引诱他来到火山岛，以防我们绑架他的父亲失败了。幸运的是，我们成功了。”

福斯特看起来平静了下来，他甚至对桑德尔笑了。“顺便问一下，这到底是什么地方？”他问道，“除了叫作火山岛外。”

“如你所说，‘这个地方’，”桑德尔说道，“是C国在太平洋的秘密总部。我们打算从这里用圆锥秘密地袭击A国海军部。同时，我们还要毁掉小汤姆·斯威夫特，他已经非常麻烦了！”

福斯特看起来深有感触。“但告诉我，”他说道，“为什么巴克利被冲到岸上时你们没有杀了他？”

“首先，”桑德尔像对着一个孩子一样轻蔑地说道，“不管怎样，他都快要死了。但如果他活下来，而且他的朋友找到了他，他的故事就会帮我们把他的朋友引到岛上来——汤姆·斯威夫特才是我们的目标！”

汤姆能感觉到他的朋友听到后气得发抖。

“放松，老朋友。”他低声说，“我们会抓住他们的。”

“现在，我们抓住了小汤姆。”桑德尔得意地说，“这次，我们会命他的父亲把真正的戴娜四号，而不是模型带过来救他的儿子——和他自己。”

鱼人看了看彼此。最后桑德尔说道：“我们最好承认一个事实。在这片水域里有一个长得古怪，几乎是超自然的生物，看起来像个巨大的绿色气泡。它可以吞没人，而且——我不想承认——但最近它似乎和汤姆·斯威夫特关系很好。老实说，那时我们还担心，如果抓住了小斯威夫特，那个生物可能会伤害我们，甚至破坏圆锥。”

福斯特轻蔑地哼了一声。“听起来像群傻瓜。”他嘲笑道。

这时，刚在木屋里朝汤姆和巴德喊叫的那只好管闲事的猴子跳过他们的头，进了桑德尔和福斯特所在的那个房间。他正拿着汤姆解开巴德手腕的那条绳子！

两个男孩无助地看着那个小动物跑到那群人中拿着绳子玩，吱吱叫着吸引注意力。事态急转，桑德尔随意地朝下看了看它，然后扭回头。

“呼！”汤姆对巴德低声说道，“他好像没认出那条绳子！”

那只猴子已经不耐烦去等那群人的反应了，最后拿着那个罪证玩具跳到角落里。

桑德尔和福斯特继续对话。似乎C国间谍一直在监视A国研究团队。当C国人发现偷走药瓶的最佳时机时，他们通知了政府。

等鱼叉插进鲸鱼的身体，他们建议上级派更多的人来追捕鲸鱼。

“事实上，药瓶被鲸鱼带走是个意外。”桑德尔说道，“当汤姆·斯威夫特和海洋猎犬向捕鲸人打招呼时，我们想最好让他们上船搜查。我们本打算把药瓶藏在鱼叉头上扔进水里，等过后再把它拉上来。那时鲸鱼恰巧出现，我们打算同时抓住鲸鱼——也就是说一叉二鸟。”他说着自己先笑了。

汤姆说：“你要知道鱼叉头断了的时候我们有多生气！”

“我记得再清楚不过了。”巴德低声对汤姆说，咧着嘴笑了。

“总之，”福斯特说，“结果就是带着药瓶的鱼叉头被鲸鱼带走了。对了，那两个男孩现在怎么样了？我们是不是最好先确认他们没有逃跑？”

“别担心，”桑德尔得意地笑着说，“他们可能还昏迷着。那些飞镖里的镇静剂效力很强，而且他们被捆着，很安全。”

“我们继续刚才的话题。我们让圆锥脉冲复制鲸鱼身上的信号把戴娜四号引到这里来，而且成功了！我们的人带着装有氧气的鱼头等着他们上岸。”桑德尔大笑道，“如我们所料，除了小斯威夫特自己没有别人了。圆锥追踪他的飞船，但还是让它逃走了。”

汤姆满意地看着巴德。

“我们猜它很快就会回来。”桑德尔继续道，“他们可能想要派另一队人上岸。所以，该让圆锥回去追踪它了。”

在他的命令下，那群人起身开始从房间里鱼贯而出。汤姆和巴德紧紧地藏在窗户下面。

等再朝里面偷偷看的时候，他们看到两个强壮的C国人被留下来站岗，猴子还待在角落里。

两个男孩快速权衡击败守卫的机会："我们怎么才能拿到装备，又怎么才能及时用无线信号联系戴娜避免它被抓住？"巴德低声说道。

汤姆回答道："我相信亚弗和汉克会小心圆锥的。有了斥力火焰，我确定戴娜可以对付那艘潜水艇。我们看看那些鱼人都去哪儿了吧。"

汤姆和巴德跟着C国人穿过小岛里面浓密的丛林。渐渐地，地面开始上升，他们清晰地看到那群人正爬上那个圆锥形火山口。

他们一路往上爬，灌木丛渐渐稀疏起来，变成了奇形怪状的岩石和熔岩。两个男孩现在可以看清岛上大部分情况，浅绿色的边缘与深蓝色的深海形成鲜明的对比。等他们接近顶点的时候，汤姆和巴德发现他们很难继续跟踪C国人而不被发现。

"现在怎么办？"汤姆咕哝道。火山口顶端的外环光秃秃的，还有风。

他没有时间细想。C国人从圆锥形火山口走下去了。两个男孩发现继续跟踪很安全。他们小心翼翼地爬向火山口时，突然惊讶地停了下来。

“看！”巴德低声说。

那群人消失在火山内壁的一道窄缝里。

“我们千万不要跟丢了！”汤姆说道。

他和巴德迅速地悄悄走下去。深不可测的入口幽暗而恐怖。

“我们没有灯。”汤姆回答道，“那条通道可能到处都是下坡和坑。”

“我们在黑暗中跌跌撞撞地走会不会被C国人听见？”巴德补充道。

“我知道，”汤姆说道，“但我认为值得冒险一试。不管那艘潜水艇在哪儿，我们都要找到它的基地。你觉得呢？”

“带路吧。”巴德回答道，夸张地做了个鞠躬的姿势。

两个男孩带着一点点恐惧，小心翼翼地沿着边缘走进了神秘的裂缝里。

第十八章 惊险逃脱

两个男孩小心翼翼地在昏暗的通道里摸索前行，他们发现这条岩石通道一路都是下坡。他们还能模模糊糊听见前面C国人的声音。

最终，这条通道通向了一个光线昏暗的洞穴。洞穴的墙上安装着一排排无线信号设备。两个男孩在大洞穴口停了下来，他们一路跟着的那群人消失在下面的一个圆洞里。

“我们肯定在岩石地面通道的顶上。”汤姆低声说道。

等到最后一个人从洞口下去后，他和巴德迅速穿过洞穴向下偷偷看去——一个金属梯子固定在通道的一面墙上，直接通往打开的潜水艇舱口！

“真没想到！”巴德低声说。

两个男孩往下看的时候，最后一个人正踏上金属梯的最后一节。他向下走进潜水艇，然后抬头关上他身后的舱门。汤姆和巴德惊得往后跳！

汤姆没有听到任何尖叫声，冒险朝岩石通道往下看。潜水艇的舱门已经关上了。

“呼！”巴德松了口气说道，“我还以为他肯定看到我们了，那么我们接下来的处境就会更糟糕。”

汤姆对于他们的发现感到很兴奋。“巴德，”他抓住他朋友的胳膊大声喊道，“是圆锥，当然，这里是它的秘密基地。这就是说在我们发现的暗礁通道旁，有一个通往这里的水下入口。”

“这就解释了为什么C国人可以轻易进出这个‘到不了的岛’！”巴德做出总结。

“当然，他们可以飞进来。”汤姆说道，“福斯特就是这么进来的，还记得吗？但走水下路线的话，他们永远都不会被发现，没有人能猜到他们在这儿。”

“既然我们已经找到基地，我们要不要提醒汉克和亚弗？”巴德问道。

“你说得对。”汤姆同意道，“这个发现让我太激动了，我差点儿忘了这件事。快点儿，我们返回那个房子，看看能不能拿到装备。巴德，那两个留下来的守卫看起来很壮，你的肌肉够壮吗，朋友？”

他的朋友咧嘴一笑，弯了弯自己的胳膊，秀出几块鼓出来的肌肉。

巴德说："别忘了，汤姆，人越壮就摔得越重！"

两个男孩现在已经熟悉了这条凹凸不平的通道，可以快速走出去。很快，他们从火山口可以看到太平洋蓝色的海平面。很快，汤姆和巴德就穿过浓密的丛林前往空地边缘的那座房子。

他们从后窗户小心翼翼地向里偷偷看去，发现那两个守卫没有在房子里。

"好机会！"他们爬进去的时候巴德低声说道。

两个男孩迅速拿回他们的潜水装备以及内置的无线信号传送器后转身要离开。这时，那只猴子从门口进来激动地大叫！

他们可以听到门外那两个壮实的守卫的声音。汤姆和巴德手里拿着潜水装备冲向窗户爬了出去。时间刚刚好，他们落地的时候，那两人进了房间！

"躲起来！"汤姆低声说道。

他和巴德躲进了周围的丛林里。那只猴子前所未有地激动，从窗户跳出来跟在他们的后面，疯狂地吱吱叫着。两个男孩挫败地瞪着它。

"这个动物会不会是训练好的C国特工？"他们试图甩掉这个烦人的小生物时汤姆开玩笑道。

"我们最好马上甩掉它，"巴德说道，"它总是这么叫，那两个守卫会疑心跟上来。就个人而言，相对于那两个大暴徒，我宁愿对付一只猴子！”

他捡起一块石头扔向那只喋喋不休的猴子，那只猴子很快撤回去了。

“谢天谢地！”汤姆低声说道。

两个男孩在丛林里躲了一会儿，想要听听有没有人追上来。没有听到任何动静，巴德催促赶快离开。他们拿着潜水装备，匆匆跑向海滩。

“一切似乎风平浪静。”汤姆评价道，“真难以相信海面下正在进行的这场阴谋。”

“简直就在海面下。”他们蜷伏在岸边的蒲葵后面时巴德咧开嘴笑道。

汤姆小心谨慎地藏着不让自己被发现，给等待消息的戴娜四号发了一个无线信息，提醒亚弗和汉克，圆锥很快就会靠近他们。

他们收到后回复：“我们离海岸很远，就在海面下面。我们已经看到了圆锥而且躲开了。”

“我就知道你们可以信得过。”汤姆松了口气说道。

“我要告诉你们一些消息。”亚弗回复道，“不久前，我们收到一个从岛上发给圆锥的无线信息，你们好像被发现逃跑了！”

“一点也不意外。”汤姆说道。

“守卫报告说，他们去查看木屋，发现你们失踪了。”亚弗继续道，“他们说是什么被一只猴子的吵闹声警醒了，你知道他们在谈论什么吗？”

“恐怕我知道。”汤姆闷闷不乐地说道。

“我就知道那只猴子会坏事。”巴德评价道，“或许他真是经过训练的C国特工。”

“好了，现在他们已经知道我们跑了，巴德。所以，除非有什么紧急情况，”汤姆说道，“我们最好不要冒险用无线信号联系了。”

“我也这么想，汤姆。”亚弗同意道，“C国人很可能会截断我们的信息。”

“对。”汤姆回答道，“除非岛上发生什么紧急情况，太阳落山一个小时后到暗礁的入口处接我们。”

说完后，他中断了信号。

此时还是正午，汤姆和巴德安定下来，开始了漫长而不安的等待。他们在沙滩后面的浓密的蒲葵里面等待时尽量让自己不那么难受。

时间缓缓地流逝，两个男孩一直对岛上的搜寻动静保持警觉。他们自娱自乐地观赏军舰鸟在岛上盘旋，雄性军舰鸟的红色喉囊将它们与雌性军舰鸟区分开来。地蟹在灌丛里急促地爬着，无数小鸟在树叶里攒动，发出沙沙声。但他们没有听到任何有人来搜寻他们的动静。

“他们既然已经知道我们逃跑了，为什么还没有下令搜寻我们？”汤姆大声问道。

“我不知道。”巴德回答道，“他们好像在引诱我们出去，他们知道我们没有机会逃跑。”

“除非有戴娜四号。”汤姆提醒他，“是不是他们已经抓住了戴娜？或是用某种武器破坏了它？我能想到的唯一的另一种可能就是他们确实偷听到我们与戴娜的对话，然后试图等我们离开时抓住我们。我想要用无线通信装置与亚弗联系，但现在我还不敢。”

“我们只能抓住机会按计划到约定地点。”巴德有点儿阴郁地说道，“但我很想知道桑德尔和福斯特现在在做什么。”

汤姆叹气道：“我们只能等了，希望他们没有偷听到我在无线通信里说的话。”

“我们好像还没有等多久。”他的朋友抱怨道，“但我饿了。”

蒲葵丛林又热又静，诱人的清凉的海水就在海滩那边。但两个男孩不敢在太阳落山前轻举妄动，即便是抓一条鱼来充饥也不行。他们发现了一些坚果，就吃了一些。

对于疲惫不堪的两个男孩来说，黑夜似乎永远不会降临，但最终太阳落山了。汤姆和巴德看着火焰似的热带夕阳，迫不及待地想要开始游回戴娜四号。

“不会太久了。”太阳最后一圈红晕消失在大海里时，汤姆说道，“热带的黄昏不会持续太久，天很快就黑了。”

汤姆四处看了看，说道：“可以动身了。”他对巴德说，然后开始穿过海滩。

他们悄悄地溜进海里，在水下开始向他们与戴娜四号约定的暗礁通道游去。突然，刺眼的灯光照亮了他们周围的海水，鱼头人从后面的大熔岩块里跳出来。不一会儿，两个男孩被完全包围了！他们两个都沮丧地叹息起来。

尽管灯光照得他们看不清，但汤姆和巴德还是看到他们的敌人都拿着飞镖枪开始靠近他们！

第十九章 水下陷阱

尽管被围困了，但汤姆和巴德还是奋起一战。

“所以C国人确实偷听到我们在无线通信上的对话。”汤姆想道，“他们一直等着我们出现再给我们设下这个圈套。”

鱼人向他们靠近的时候，汤姆正准备使用他的斥力装置防水腕表。但他意识到即使有了这件武器，他一个人抵挡这么多人也不可能坚持太久。

这时，巴德指着远处，一群绿色气泡正从暗礁的入口涌进来。

看到这群奇怪的生物后，鱼头人陷入恐慌，消散在昏暗的浅滩四处。汤姆和巴德咧开嘴笑了。然后，为了迅速找到机会游回戴娜四号，他们趁机游过珊瑚出口，来到安全的公海。

出来后，他们立即看到期待已久的戴娜四号的身影在海面下若隐若现。汤姆和巴德仓促地爬进了机舱。

“朋友，救援力量来得真是正好！”巴德高兴地说道，“那些气泡太及时了。”

两个男孩收好他们的潜水装备，匆匆来到通讯控制中心。船员蜂拥而至围住了他们，蛋里爆发出热烈的欢呼声。

乔听到两个男孩的经历后非常愤怒。“可恶的C国人！”他怒骂道，“我要用我的拳头打倒那群混蛋！我要把他们扔到围捕圈里，让他们尝尝他们自己的药的滋味！”

随着笑声渐渐消失，汤姆说道：“亚弗，在C国人带着圆锥来到这里之前，我们把戴娜开到深海域。”

戴娜四号出发后，变回友好的淡绿色的气泡与他们汇合。汤姆匆匆拿起他的超声波通讯器编辑程序，感谢气泡及时赶到吓退鱼人。

“你们怎么知道我们在那儿？”汤姆问它们。

“我们不知道。”它们答道，“我们回到岛上看看我们把你们留在那里后你们怎么样了。你们的攻击者靠近的时候，附近的一群鱼发出兴奋的超声波声音，我们游进去看到底发生了什么，看看你跟你的朋友是不是有麻烦。”

“我们确实遇到麻烦了。”汤姆打断道。

“我们气泡群现在要返回锰矿场，很快就会回到我们的星球，”发言气泡继续说道，“我们只希望能找到一点你们所说的钛元素，但我们到现在还没找到。你们善良的地质学家把他们所有的钛元素都给了我们。”

“如果你们能再等一段时间，”汤姆承诺道，“我会给你们找到更多。”

他被声呐报警器打断了——他们又收到鲸鱼身上的信号了！

“太好了！”汤姆兴奋地说，“但找到那个野兽还要一段时间。”

他关掉超声波通讯器然后设置戴娜四号快速追踪短暂的信号。船设置为自动航行后，饿得不行的汤姆和巴德去了厨房。

“朋友，我饿得都能吃下一条章鱼了！”乔将一份混合物堆到两个盘子里时，巴德大喊道。

汤姆大笑道：“那可能就是要给你吃的。”

“我不管，”巴德回答道，“即使是乔的海洋特餐我也可以接受。”

厨师咧开嘴笑道：“好朋友，你能这么说真是太好了。”

汤姆问道：“这是什么？”

“别担心，”乔回答道，“我已经不做奇特的水下小动物了。这个只是普通的旧西式烤牛肉和土豆泥。”

“快给我！”巴德大喊道。

安静了一阵后，他们继续谈话，汤姆说道：“巴德，我一直在想圆锥在哪儿。我们观察海滩的时候没有看到任何鱼人的迹象，我猜他们的潜水艇把他们从洞穴的秘密基地带到公海，然后他们从浅水域游到暗礁通道周围。我实在是想不出来任何其他解释了。”

“你可能说得对。”巴德同意道，“朋友，我很开心我们走出了噩梦！我们去睡觉吧，我都一周没睡了。”

“我也这么想的。”汤姆回答道，“但不会再有噩梦了！”

第二天早上，他和巴德走进通讯控制中心时，汤姆戴上他的巨型耳接收鲸鱼发出的吱吱声。

“我们肯定离它近了。”汤姆说道。

巴德透过前舱口向外窥视，突然大叫道：“它在那儿！”

离他们一百米远处，一个好似来自另一个世界的生物隐约显现出巨头鲸惊人的大轮廓。两个男孩注视着它，敬畏得沉默下来。

但加入他们的乔没有沉默。“哇，那是真的吗！”他大喊道，“那个家伙是我见过最大的生物！”

“汤姆，”在操纵控制面板的汉克·斯特林唤道，“从我们后面传来另一个信号——声呐接收到大型物体的信号。”

“是圆锥！”汤姆大喊道，“我敢打赌它也在追踪鲸鱼，我们没有太多时间了。”

“干什么？”巴德问道，“既然我们已经找到这个野兽，你打算怎么取回药瓶？”

“首先，我们要用我们的新型奎克·纳普镇静剂让它沉睡，”汤姆回答道，“然后，我们从它身上取下鱼叉头拿回药瓶。但问题是，我不希望我们忙活一半的时候被C国人偷袭。”

汤姆看到前面有一条水下山脉一侧的崎岖小山丘。他调节他的光学观察器的放大倍数，然后满意地点头。

“在那边！”他惊呼道，“看起来像岩石里的一个洞穴。如果我们可以把鲸鱼赶进去，我们就可以秘密地进行了。至少我们要比在公海里不被发现的机会大。”

“好主意，”巴德同意道，“但我们怎么把鲸鱼赶到那个洞穴里呢？”

“巴德，”汤姆笑着对他说道，“我想我和你再加上其他几个人穿着胖人服出去，用鱼叉把它赶进去！”

巴德猛地在椅子上坐直起来。“嘿！”他说道，“真是好极了！你认为我们真的可以赶动它，而且不会在这个过程中被压扁？它一定比我们重一千倍！”

“是的。”汤姆回答道，“但我们应该能做到。别忘了，我们会穿着胖人服。而且戴娜四号就跟在我们后面。而且，”他笑着补充道，“鲸鱼就像牛，我们还需要另外两个牛仔。还有人愿意去吗？”

“算上我。”汉克·斯特林说道。

其他人还没来得及说话，乔的声音响起：“我也去，汤姆！不管怎样，我喜欢驱赶动物，况且这次是驱赶大型动物。”他大笑地吼起来，其他人都对乔的俏皮话叹息。

汤姆准备让厨师陪他们一起去。

巴德忍不住说：“乔，如果有什么比你的海洋菜单更糟糕的，那一定是你的海洋幽默感！”乔畏缩地看了他一眼。

汤姆命令化学实验室提供大量的奎克·纳普镇静剂并把它倒入麻醉枪里。他小心地在麻醉剂里掺入大量快速见效解毒剂。

“为什么放解毒剂，汤姆？”乔好奇问道，“那东西不会一会儿就失效吗？”

“是的，它会。”汤姆同意道，“如果不这样，鲸鱼会淹死的。”

“淹死？”乔难以置信地重复道。

“当然，别忘了，鲸鱼是哺乳动物。如果它们在水下待太久，它们就会像人一样被淹死。”

搜集了所有药物、手术设备和鱼叉，四个“水下牛仔”穿上胖人服从戴娜四号的前舱滑出去了。

仅仅是鲸鱼巨大的身形就让他们每个人感到危险。他们四个谨慎地靠近他们的猎物。

“朋友，难道它不是一座山吗？”乔透过对讲机说道。

“汉克，”汤姆说道，“你和乔在一边，我和巴德在另一边。就轻轻地戳它大约上腹部位置，让它移动。最重要的是，要小心它的大尾巴。”

“好的，汤姆。”汉克说道。他和乔在鲸鱼周围转移方向，远离它的大尾巴。

四个游泳者确定他们在黑色庞然大物攻击之前有足够的空间逃走时，用鱼叉刺探鲸鱼让它向洞穴移动。一开始他们动作很轻，后来他们胆子大起来力气也渐渐大了。戴娜四号紧跟在他们后面缓慢地航行。通过观察窗口，科学家们看着他们的同伴灵巧地刺探那只庞然大物。

“我们要成功了！”他们渐渐地刺激野兽进入那个窄小的岩石洞穴时，巴德兴奋地说道。

这时，汤姆透过对讲机大声喊道：“鲸鱼一路进去了！亚弗，带上汉克和乔，将戴娜开到小山丘后面，我不希望它把圆锥引到洞穴这边。巴德和我会独自给它打麻醉剂。”

“好的，汤姆，但一定要小心。如果需要帮助就大声喊。”亚弗提醒道。

汤姆和巴德极其小心地靠近窄小的洞穴，那里铺着一层尖锐的岩石。在窄小的空间里，鲸鱼没有给他们留出太大的地方来操作。它的大尾巴开始疯狂地鞭打，击打岩石墙壁！

“小心！”巴德大声喊道，两个男孩赶快躲开尾巴。

其中一片鱼尾撞到汤姆的胖人服的右臂，将蛋形的压力服甩向岩石墙壁！

“汤姆！”巴德警觉地大喊，“你没事吧？”

“似乎没事，巴德。只是打得我有些透不过气来。”

汤姆努力让胖人服站立起来时，他补充道：“但你可以想象一下被它的尾巴全力击中的滋味！”

“如果你不介意，我宁愿不要想象！”巴德回答道。

选择了一个小山丘可以保护他们的，汤姆将一剂奎克·纳普麻醉药射进大野兽体内。

几秒后，鲸鱼便睡着了！

“朋友，那药真厉害！”巴德惊呼道。

汤姆争分夺秒地利用手术装备，找到断了的鱼叉头开始进行手术操作。他熟练地用双手和手指操作，移开了小鱼叉头，然后将药瓶从里面取出来。他将装有超级危险爆炸物的药瓶放进他带来的专用保护袋里。

“最好快点儿，汤姆。”巴德催促道。

“再等一分钟就完了。”汤姆回答道，“我得先给它缝合伤口。”

他刚完成，准备把解药注射进鲸鱼体内时，巴德警觉地大

喊，指向洞穴的入口。十个穿着潜水服的C国人堵住了洞穴口。桑德尔站在他们的前面，脸上带着胜利的微笑。“结束了！”他似乎在说。

他举起一个样子很奇怪的单手武器直接指向汤姆和巴德！

第二十章 戴娜四号的胜利

桑德尔的唇上还带着邪恶的笑容，扣动了扳机！一道窄窄的白色火焰喷射出来。

汤姆和巴德立即跳向一边，躲到鲸鱼周围。桑德尔让他的手下上前。

汤姆迅速将包裹好的解药装入麻醉枪，准备引发医疗武器。

“鲸鱼突然醒来时他们会被吓一跳的。”他笑着对巴德说道，“但要小心，鲸鱼可能成为我们自己的敌人。”

汤姆发射快速起效的解药，然后立即躲到洞穴墙壁里面的藏身岩缝里，仔细地观察动静。

大野兽和入睡时一样快地醒来了，使劲儿抖动了一下，然后开始疯狂地击打狭小的洞穴。C国人都被吓得逃跑了。

鲸鱼渐渐地退出来了，不一会儿就消失在黑暗的深海里。

汤姆和巴德小心翼翼地前往等待他们的戴娜四号。

“我们回到这儿的时候没有看到任何圆锥的踪迹。”他们脱下胖人服的时候汤姆评价道，“但它一定在周围某个地方。C国人知道戴娜藏在海里，他们现在肯定在寻找我们！”

“我们最好现在出发。”巴德回答道，“药瓶还在你那儿吗？”

“哦，是的，在这儿。”汤姆让他放心地说道，“我会把它保存在一个安全的地方，直到我们把它交给海军部。”

把药瓶藏好后，两个男孩去了通讯控制中心，在那里汤姆向指挥官哈珀汇报他们成功了。他们被一阵刺耳的声呐警铃声打断了，戴娜四号正被攻击！

汤姆赶紧来到前舱控制装置。圆锥正直接向他们开来。等它离蛋近了，敌人发射它的水下喷火武器。巨大的火焰向汤姆的飞船袭来！

年轻的发明家急切地希望他自己的对抗武器能够有效反击！他打开了斥力火焰装置。

戴娜四号立即被一层保护膜覆盖，斥力火焰装置发射出火焰回击圆锥！

蛋的控制室里响起一片兴奋的欢呼声。“朋友，它真的有用！看它多厉害！”巴德高兴地大喊。

通过声呐显示屏，汤姆和其他人可以跟着逃进深海的圆锥。他迅速开启水下追踪装置，让戴娜四号全力追踪圆锥。

不久，汤姆意识到敌人的潜水艇离火山岛不远了。它是要开进水下基地吗？如果是这样，他使个小计策就能长久地把圆锥和里面的人困住。细长的C国飞船滑进洞穴的时候，汤姆只差几秒钟就能追上去了。那个洞穴不足以容下庞大的蛋。

“啊哈，汤姆·斯威夫特！”桑德尔的声音从声呐电话中传来出来，“你永远抓不到我们！”他嘲笑道。

“噢，是吗？”巴德大声喊道，“我们现在是猎人，而你们却是猎物。”

汤姆还击道：“我们可能进不去，桑德尔，但是也没有其他任何人可以进去。你马上又会得到一个惊喜。”

汤姆切断声呐电话线路后，激活了戴娜四号的便捷岩石枪。他有条不紊地把C国洞穴基地的出口用即时岩石封住了！

“那应该能封住圆锥。”他满意地说道，“当然，C国人可以轻易地从潜水艇里出来，然后从通往火山口的通道出去。但他们现在还没有办法离开岛上！我猜C国人最后会乘飞机离开，但那时，他们已经完了！”

巴德大笑道：“等到桑德尔的上级真的把他接走了，你觉得他会怎么向他的上级解释他的失败？”

汤姆笑了，发动他的飞船前往气泡的锰矿场。全体人员都因成功夺回药瓶，戴娜四号成功击败圆锥而兴奋不已。

“那么，现在干什么，小天才？”巴德问道。

“通知哈珀搜寻结束了。”

汤姆向潜水艇指挥官发送了信息，指挥官向年轻的发明家表示祝贺，并说他马上就会过来取回药瓶。等他取回药瓶后，两艘潜水艇上的成员简单地庆祝了一下，然后海军的飞船就离开了。

“现在去哪儿，汤姆？”正在操控戴娜四号的巴德问道。

他的朋友回答道：“我想我们应该获取锰矿场的坐标，把它报告给政府。然后，我们就返回我们在马里亚纳海沟的基地。那里还有很多工作等着我们。”

现在不用着急了，戴娜四号悠闲地在海底航行着。在返回锰矿场途中走到一半的时候，对讲机嗡嗡响了。

“我是斯托尼。听着！我记得你之前说过要拿一些钛元素给气泡。我看到一个跟我之前发现的矿石差不多的岩层。如果你要停下来，我们就取一些测试一下。”

“马上，斯托尼，”汤姆回答道，“你指路。”

在丹尼斯·斯顿的指引下，汤姆把戴娜四号停在一个参差不齐的大岩层附近。他们匆匆取下一些样品，然后返回他们的实验室。

测试结果是乐观的——高浓度钛元素就含在里面！

“真是个好消息，斯托尼。”汤姆收到地质学家斯托尼的报告时说道，“现在我们就能实现气泡的请求了。”

他即刻设置戴娜四号返回锰矿场。等飞船到达矿场时，汤姆发现气泡正准备离开。

他向它们发送信号，让它们等一下。汤姆爬进他的胖人服，拿着一台超声波通讯器和一大块钛矿。当他把钛矿给气泡看时，气泡散发出开心的琥珀光。

“这是个意外惊喜。”它们利用几何密码对汤姆说，“我们要怎么回报你呢？”

“嗯，”汤姆说道，“如果可以的话，我最想要的是一点儿你的‘皮肤’，我想要研究它。如果我们人类可以研制出一种类似海洋之肤的水下压力服，所有的海域对我们都畅通无阻。我们可以到达水下任何想去的地方——不用担心有多深，也不用担心周围的环境了。”

“我的船上配有科学家，所有四个实验室除了做一些常规试验外，都可以研究这个项目。”

“没问题。”气泡回答道。

他们快速游出几个小气泡，汤姆将它们抓在胖人服手里。然后，剩下的气泡游进大气泡里，汤姆返回了蛋。

最后，大气泡说道：“再见，朋友。我们要离开这里回到我们自己的星球了。”

然后，它开始浮向海面。汤姆在他的飞船里紧随其后。戴娜四号停在太平洋平静的海面上，全体船员紧紧盯着大气泡升入空中，直到消失在他们的视线中。

“真是一次超棒的冒险！”汤姆低声说道。

巴德点头，然后说道：“该去做其他工作了。马里亚纳海沟，我们来了！”

“现在还不行，朋友，”汤姆回答道，“我们先联系企业集团。”

“企业集团！怎么了，机长？”巴德问道。

“我们不能就把真正的多尔教授留在渔船上，不是吗？”他笑道。

“虽然我不愿承认，”巴德不好意思地说，“但是过去这几天我太兴奋了，把他都给忘了！”

汤姆联系了在肖普顿的斯威夫特企业集团，将教授所在船上的位置告诉那边。然后，他汇报了戴娜四号离开费林岛发生的所有事情。

中断信号后，他转向巴德。“我有个很酷的主意！”他说道。

“又一个发明？”

尽管汤姆说不是，但他很快就拿起他的“加速飞船”，这会带来一次刺激冒险。

“这就是我的计划。”汤姆继续道，“我们如果不让C国鱼人从火山岛得救就太残忍了。我们不用去冒险，我会通知C国政府。”

汤姆安装好无线通信天线后，立即联系C国，告诉他们，他们的大潜水艇圆锥被封到岩石里，他们得去火山岛上把被困的鱼人接走。

“与他们将会有多愤怒相比，这没什么！”汤姆笑道，“你还不清楚我这次行为带来的后果。当我把鱼叉头从鲸鱼身体上取出来拿到药瓶的时候，我把信号发生器留在了野兽的体内！”

“那群C国人很快会陷入一场徒劳挫败的搜寻工作——一场野鲸追逐战要开始了！”